Autor _ Mallarmé
Título _ Contos indianos

Copyright	Hedra 2006
Título original	*Contes indiens*
Corpo editorial	André Fernandes, Iuri Pereira, Jorge Sallum, Oliver Tolle, Ricardo Martins Valle

Dados

Dados Internacionais de Catalogação na Publicação (CIP)

Mallarmé, Stéphane, 1842–1898.

Contos indianos. / Mallarmé. Tradução Dorothée de Bruchard. – São Paulo: Hedra, 2006. 116 p.

ISBN 978-85-7715-131-8

1. Contos indianos. 2. Mallarmé, Stéphane, 1842–1898 – Crítica e interpretação. I. Título.

06-4303   CDD 891.1

Elaborado por Wanda Lucia Schmidt CRB-8-1922

Direitos reservados em língua portuguesa somente para o Brasil

EDITORA HEDRA LTDA.

Endereço	R. Fradique Coutinho, 1139 (subsolo) 05416-011 São Paulo SP Brasil
Telefone/Fax	+55 11 3097 8304
E-mail	editora@hedra.com.br
Site	www.hedra.com.br

Foi feito o depósito legal.

Autor _ Mallarmé
Título _ Contos indianos
Tradução _ Dorothée de Bruchard
Introdução _ Dirceu Villa
São Paulo _ 2012

hedra

Stéphane Mallarmé (1842–1898), poeta dos mais importantes do fim do século XIX francês, iniciou carreira escrevendo sonetos em revistas parnasianas. Já então se distinguia pela extrema habilidade sintática, o que o levaria a afirmar: "je suis un syntaxier". Ao lado de Paul Verlaine, J.-K. Huysmans, Villiers de L'Isle-Adam e Gustave Moreau participou de publicações decadentistas e simbolistas com poemas impregnados de adornos orientalizantes (como o inacabado "Hérodiade") e em que ampliaria seu virtuosismo sintático, que atinge um auge de complexidade e ambiguidade na écloga "L'après-midi d'un faune". Foi pioneiro no uso de recursos da poesia modernista, como o uso do branco da página e variações tipográficas, vistos pela primeira vez como parte estrutural de um poema em "Un coup de dés", publicado na revista *Cosmopolis*, em 1897. No Brasil, foi reabilitado pela vanguarda concreta dos anos 1950, que considerou Mallarmé "o Dante Alighieri da Era Industrial".

Contos indianos reúne quatro narrativas fantásticas ("O retrato encantado", "A falsa velha", "O morto vivo" e "Nala e Damayanti") rearranjadas estruturalmente em 1893 por Stéphane Mallarmé, que utilizou em seu trabalho o volume *Contes et légendes de l'Inde ancienne* (1878), em que Mary Summer reuniu e traduziu para o francês histórias retiradas de antigas e tradicionais coleções de narrativas da Índia, como o *Mahabharata*.

Dorothée de Bruchard é graduada em Letras pela Universidade Federal de Santa Catarina (UFSC) e mestra em Literatura Comparada pela University of Nottingham (Inglaterra). Traduziu *Pequenos poemas em prosa*, de Baudelaire (Editora da UFSC, 1988). Em 1993, fundou a Editora Paraula, pela qual publicou a primeira edição da tradução aqui apresentada. Atualmente, coordena o Escritório do Livro e dedica-se a pesquisa em história e arte do livro.

SUMÁRIO

Introdução *9*
Autobiografia *29*
O retrato encantado *39*
A falsa velha *57*
O morto vivo *69*
Nala e Damayanti *85*

INTRODUÇÃO

A MODA ORIENTAL NO SÉCULO XIX

Proponho que comecemos esta apresentação por aqui, para lembrarmos de como este livro muito curioso de Mallarmé pertence a uma série de eventos ligados entre si, formando um mapa de alguns dos interesses estéticos da época.

É possível encontrar o Oriente sedimentando a filosofia de Arthur Schopenhauer; encontrá-lo na poesia dramática de Oscar Wilde (e nas inúmeras *Salomés* do período, de Gustave Moreau a Gustav Klimt); na voga das gravuras japonesas — o *ukiyo-e* — que encantaram Degas e Whistler[1], servindo a novidades de estrutura e de paleta da pintura ocidental; na poesia de Théophile Gautier (o poema "Chinoiserie", por exemplo, que lembra a xilogravura de Utamaro, "Casa comercial à tarde", pelos espaços fechados, pela figura da mulher japonesa velada pela treliça) ou Camilo Pessanha e suas traduções de poesia chinesa; em *The arabian nights*, do aventureiro inglês Richard Burton, que perambulou pela Índia e que, além de grego e latim, conhecia árabe, hindustani

---

[1] É claro que não se trata de ornamento de cena apenas (como as porcelanas, os quimonos), mas do modo como Whistler arranja a cena de, por exemplo, *The balcony* (1865); como desenha a folhagem; ou mesmo como estrutura a paleta. Além, é claro, da assinatura de borboleta que adota por volta de 1866.

e "numerosas línguas indianas, e absorveu tudo o que pôde sobre a cultura indiana"[2], além, é claro, do próprio Mallarmé, não apenas com estes *Contos indianos*, mas também com a sua *Hérodiade*[3].

Uma pergunta interessante então seria: que espécie de moda era essa?

Tanto no caso de Schopenhauer, que descobriu nas tradições védicas e budistas, um sistema que ele próprio inventaria depois[4] (influenciado pela leitura da tradução de Duperron de sessenta seções das *Upanishads*, publicadas entre 1801 e 1802), quanto no brilho cumulativo e aparentemente ornamental da preciosa arte de Moreau havia propósito: descobrir uma nova fonte de inspiração e conhecimento que renovasse a cultura européia esgotada, em meados do século XIX. O modernismo internacional iria, em parte, criticar esse caminho com um gesto de aniquilação que muitas vezes optou, no seu lado de construção, por um retorno ao assim chamado "primitivo", ou ao "objetivo"; ou chegaria mesmo a definir esse Oriente sonhado e tipificado como a busca de um "Oriente ao oriente do Oriente", assim como lemos no "Opiário" de Álvaro de Campos.

---

[2] Cerf, Bennet A., "Richard Burton", in: Richard Burton, *The Arabian nights's entertainments or the book of a thousand nights and a night*, New York, Modern Library, 1997, p. V.
[3] Para a qual há uma ótima tradução de Augusto de Campos, no livro *Linguaviagem*, São Paulo, Companhia das Letras, 1989, pp. 51-69.
[4] Transformando renúncia voluntária em pessimismo existencial. Fórmula válida também para algumas noções da poesia de Augusto dos Anjos, que publicou *Eu* em 1912. "Budismo moderno", por exemplo.

Também, como no caso de Burton, devemos lembrar que os impérios francês e inglês no século XIX haviam chegado a um ponto em que, em pouco tempo, entrariam em declínio — como já se percebe nos livros de Joseph Conrad, notadamente *The heart of darkness*, cuja primeira publicação se deu em 1899 — , embora o encontro muitas vezes de extrema infelicidade entre as culturas (normalmente envolvendo poder político e econômico, e resultando em ignorância e violência) tenha deixado marcas em ambas. Uma das marcas das culturas orientais na Europa foi esse momento em que o motivo de pura exploração comercial trouxe, inesperadamente, livros e experiências que modificaram o imaginário e, assim, a própria cultura.

A partir do século XVIII começaram a surgir traduções de textos indianos[5], como nos interessa mais especificamente, através do trabalho de ingleses, alemães e franceses. Como exemplo dos últimos, basta citar algumas obras que, durante o século XIX, divulgaram a cultura indiana: há as já mencionadas traduções de excertos das *Upanishads* por Duperron (publicadas entre 1801-1802), a *Introdução à História do budismo indiano* (1844), de Burnouf, traduções do *Mahabharata* por Pavie (*Fragments du Mahabharata*, Paris, 1844), por Foucaux (*Le Mahabharata, onze épisodes*, Paris, 1862) e por Fauche, esta completa (*Le Mahabharata*, 10 vol.,

---

[5] Como aquelas a que Voltaire teve acesso, por exemplo.

Paris, 1863-1870, que foi completada por L. Ballin, e publicada em 1899), traduções de poemas de Kalidasa, etc. Essas estão entre as primeiras apresentações da cultura da Índia à Europa e, evidentemente, a arte não funciona como as obras de humanistas ou as de divulgação, embora possa (e muitas vezes o tenha feito) beber nessas fontes, como veremos adiante no caso do livro que serviu de base a Mallarmé.

De qualquer forma, fosse por idéias de misticismo, de delicadeza, de entorpecimento dos sentidos, de cultivo de algo estranho e excêntrico, da escapatória feliz da exaustão dos modelos técnicos da arte européia, o Oriente (a China, o Japão, a Índia, os países muçulmanos) se tornou uma fonte para o imaginário europeu da época, que não só distorceu o material de referência, naturalmente, como também o embaralhou num todo "oriental". Um exemplo seria o famoso capítulo V do romance *À rebours* (*Às avessas*) capítulo plástico em que, através dos olhos do personagem Des Esseintes, o requintado J.-K. Huysmans descreve *Salomé*, quadro de Moreau: o Tetrarca Herodes surge congelado "numa postura hierática de deus hindu", ao redor do qual "queimavam incensos", e seu palácio parece uma basílica "de arquitetura a um só tempo muçulmana e bizantina"[6].

---

[6] Huysmans, *Às avessas* (tradução e estudo crítico de José Paulo Paes), São Paulo, Companhia das Letras, 1987, p. 84. Fala-se também das gravuras de Luyken e dos quadros de Redon.

"A um só tempo" é a expressão-chave: nessa estética é possível admirar a mistura da "pose hierática de deus hindu" com a arquitetura, que é uma combinação vagamente muçulmana e bizantina. A pele de Salomé é descrita como "mate", há uma profusão de tecidos e incensos, brincos e adornos dos quais se descreve detalhadamente a pedraria. Se esses são aspectos estilísticos que colhemos na pintura de Moreau e na prosa de Huysmans, Mallarmé não lhes ficaria indiferente. Melhor: como se disse, ele é *o mestre*. Huysmans freqüenta sua casa, partilha seus gostos, e é, à época de *À rebours*, um discípulo de Mallarmé, como havia sido anteriormente de Zola e do naturalismo.

Num poema dramático como *Hérodiade*, Mallarmé visitaria aquele mesmo lugar imaginário e de lá traria rubis, cisnes, um *pâle mausolée* (pálido mausoléu), uma *aurore ancienne* (aurora antiga), e fará Herodias se descrever com *le blond torrent de mes cheveux immaculés* (a loira torrente dos meus cabelos imaculados), com "o claro olhar de diamante", etc. Há, certamente, o perfume da mirra, há também o adjetivo "lânguido" escrito em alguma parte, pois essa é a estilística que ficou conhecida como "decadentismo", e que é o nosso próximo assunto.

MALLARMÉ & OS *DÉCADENTS*
É importante retermos aqui o papel que a idéia de *decadentismo* desempenharia: ela se propõe como um

detalhamento da concepção vulgar de decadência — na qual se nota apenas o fim de um longo processo — para assinalar, na iminência desse mesmo fim, o seu brilho mais intenso, ainda que repleto de esfumados e velaturas. Não era uma idéia apenas plástica, no entanto: se prestava também a uma espécie de reflexão estética e filosófica com o intuito de valorizar esse brilho da saturação, do tédio que admite o fim inevitável dos esforços de uma civilização. O decadentismo havia aparecido, como também a idéia incipiente de simbolismo[7], com a poesia de Baudelaire, que preferia utilizar a alegoria. Desde então, se lê em diversos autores a preferência pelo horário do crepúsculo (que mistura ouro e púrpura antes do negror noturno), pela estação do outono (com suas folhas ocres e cadentes), pelo latim da decadência (preferindo a linguagem de Tertuliano e a de Petrônio, ou mesmo o goliárdico, à de Cícero ou à de Virgílio), etc.

É claro que qualquer elenco, como o que se reuniu, quase ao acaso, soa caricatural e é sem dúvida injusto com a beleza da *ars combinatoria* infinita dos artistas. Mas essas pistas, numa introdução, podem ser valiosas para se experimentar o sabor das idéias que interessavam muito especificamente a uma geração, ou a um gosto artístico que se tornou, muitas vezes, história para

---

[7] No poema das *Flores do mal*, "Correspondências", lemos aquele precioso indício: "La Nature est un temple où de vivants piliers/ Laissent parfois sortir de confuses paroles;/ L'homme y passe à travers de *forêts de symboles*/ Qui l'observent avec des regards familiers.", ou " A Natureza é um templo onde, de vivos pilares,/ Saem por vezes confusas palavras;/ Lá o homem passa por *florestas de símbolos*/ Que o observam com olhos familiares." (Os itálicos são meus.)

nós. E, além disso, nenhuma tipificação, por mais verdadeira que seja, seria capaz de dar conta de um autor excepcional como Mallarmé.

Anatole Baju, sob pseudônimo, escreveu certa vez sobre a chamada Escola dos Decadentes e entre os nomes de poetas como Gustave Kahn e Paul Verlaine estava, é claro, o de Stéphane Mallarmé, citado como um dos mestres do grupo. E era um mestre, segundo ele, que escrevia um verso parnasiano, "propositalmente um pouco afetado" e elegante por causa também de sua "aparente obscuridade"[8].

A flagrante dificuldade de Baju para definir a poesia de Mallarmé é um indício bastante seguro de que se tratava de um poeta incomum, mesmo entre os incomuns; todos os adjetivos colados nele refletem alguma incerteza, alguma insegurança em apreender sua experiência poética numa possível descrição. Pensa-se em "obscuridade", "elegância", "afetação": com as duas primeiras tentativas, se quer dizer *difícil*; com a última, se insinua, juntamente, *deliberado*.

A *deliberada dificuldade* da escrita de Mallarmé — se nos guiarmos pelo tatear de Baju — era, no fundo, muito pouca afetação e muito mais a necessidade especificada pela estrutura de seu pensamento poético. Sua sintaxe de desenho meticulosamente elaborado, que

---

[8] "A verdade sobre a Escola Decadente", 1887, Anatole Baju, sob pseudônimo, *in*: *Caminhos do decadentismo francês*. Fulvia M. L. Moretto (organização, tradução e notas), São Paulo, Perspectiva/Edusp, 1989. Coleção Textos, p. 85.

dá o tal contorno elegante de sua frase, obriga o leitor ao laborioso prazer da atenção, a voltar, reconsiderar e repropor, no meio do caminho, o trajeto iniciado; sua escolha de palavras, muitas vezes extremamente específicas (como o famoso *aboli bibelot d'inanité sonore*[9], o *ptyx* do soneto em "ix": palavra que Mallarmé inventou e sobre a qual escreveu a seu amigo Eugène Lefébure: "quero me assegurar de que ela não existe em língua alguma, o que eu preferiria muito, a fim de me conceder o encanto de criá-la para a magia da rima"), acusa um amor pela *mot juste*, a "palavra exata", na expressão de Flaubert, ou um esmero de concisão que costumamos associar aos modernos, a quem Mallarmé anuncia, e de quem se diferencia por uma *mística*, por aquilo que Rimbaud chamaria, pensando em seus próprios poemas, a "alquimia do verbo".

Se esses aspectos aparecem em sua obra desde o começo — quando ainda devia mais claramente a poetas como Gautier e Baudelaire —, eles vão se tornar cada vez mais o coração de seus escritos quando chegar a "Un coup de dés" (poema que é um *turning point* na história da poesia) e a *Le livre*, que permaneceu inacabado e se publicou apenas em 1957. O que Mallarmé buscava desde o início de sua obra ficou registrado em algumas de suas frases célebres, citadas em toda parte (e

---

[9] "Falido bibelô de inanição sonora", na tradução de Augusto de Campos, *in*: Augusto de Campos, Haroldo de Campos e Décio Pignatari. *Mallarmé*, São Paulo, Perspectiva, 1991, Coleção Signos, pp. 64-65.

aqui também, para comodidade do leitor e da leitora), como "donner uns sens plus pur aux mots de la tribu", isto é, "conferir um sentido mais puro às palavras da tribo", equivalendo, é claro, a trazê-las do uso diário e quase inconsciente para um campo de extrema limpidez e consciência de fatura. Esse paradoxo explica sua "aparente obscuridade", como lemos alguns parágrafos atrás: suas palavras evitam o emprego trivial (assim como o evita sua sintaxe) e se tornam, portanto e apesar de sua limpidez (ou *por causa dela*), esquisitas[10]. A estrutura do "Lance de dados", por exemplo, ele irá definir no prefácio ao poema como "cenografia espiritual exata", ou "subdivisões prismáticas da Idéia"[11]. Não era apenas a sua terminologia que tendia cada vez mais para o abstrato, como um desenvolvimento a partir do uso da alegoria em seus sonetos, que vinha de Baudelaire, como por exemplo "Salut" ("Brinde"), que começa:

Rien, cette écume, vierge vers
A ne désigner que la coupe;
Telle loin se noie une troupe
De sirènes mainte à l'envers.[12]

e se pode perceber a relação estabelecida entre a taça espumante do brinde e o mar; a mesa convival e o barco;

---

[10] Pensar nesse *esquisitas* como no *exquisitas* do espanhol: excelentes, elegantes, "mui ricas".
[11] *Op. cit.*, "Prefácio", p. 151.
[12] "Nada, esta espuma, virgem verso/ A não designar mais que a copa;/ Ao longe se afoga uma tropa/ de sereias vária ao inverso." Tradução de Augusto de Campos, *op.cit.*, p. 32-33.

a toalha e a vela, neste brinde reiteradamente — como lemos nas rimas — de versos. Em *Le livre*, a abstração passa a ser o *próprio* objeto do poema. Basta ler este trecho:

> *tout ce qu'il y a tiré de la feuille* — *en la développant* —
> *lumière ce qui en échappe* — *tout ce qu'il faut*
> *y voir sur ce blanc vierge en un clin d'œil.*
> *+ signe caractères (...)*[13]

no qual também já é possível rastrear o tipo de metalinguagem que seria característica de boa parte da poesia que se escreveu durante o século XX (fácil de evidenciar, no Brasil, nos poetas do concretismo, cujo surgimento é mais ou menos coetâneo da publicação dessa obra).

E seria portanto este arsenal de conhecimentos lingüísticos e habilidade poética que Mallarmé empregaria, nesse nosso caso, para o desenvolvimento da sua versão dos *Contos indianos*.

MARY SUMMER & STÉPHANE MALLARMÉ

É possível dizer que os *Contos indianos* são uma "obra menor", mesmo porque os textos que temos em mãos não são autorais — em sentido estrito — de

---

[13] "tudo que existe extraído da folha — ao desdobrá-la/ luz que dela escapa — tudo que se deve/ver nesse branco virgem num piscar./ + signo caracteres", tradução de José Lino Grünewald, *in*: *Stéphane Mallarmé: poemas* (tradução e notas de José Lino Grünewald), Rio de Janeiro, Nova Fronteira, 1990, p. 133.

Mallarmé, o que lhes confere algumas peculiaridades muito interessantes: estamos diante de algo que não se define como tradução, nem contos originais, nem propriamente adaptações. Além disso, foram publicados apenas em 1927 (Mallarmé havia falecido em 1898) e muitos sequer os mencionam num rápido esboço biobibliográfico do autor. Mas é por esse motivo, claro, que esta "obra menor" se torna tão importante: ela nos apresenta, ao mesmo tempo, o Mallarmé escritor e o Mallarmé leitor, juntos num mesmo trabalho que revela, de modo único portanto, sua maneira de pensar sobre o próprio ofício. Mas voltaremos a isso; vamos antes saber, brevemente, qual é a história dos *Contos indianos*.

Eles têm, de fato, uma história curiosa: Mary Summer, pseudônimo de Marie Filon — *Mme*. Philippe-Edouard Foucaux, portanto esposa daquele primeiro tibetanólogo europeu, tradutor de onze episódios do *Mahabharata*[14], publicados em 1862 —, publica os *Contes et légends de l'Inde ancienne* ("Contos e lendas da Índia antiga") em 1878, uma coletânea de sete contos[15] extraídos de textos antigos e tradicionais da Índia, como, por exemplo, o

---

[14] Mencionado na primeira parte desta introdução.
[15] A lista desses contos, na ordem em que foram publicados: "La coutisane et le pieux bouddhiste" ("A cortesã e o piedoso budista"), "La fausse vielle" ("A falsa velha"), "Le mort vivant" ("O morto vivo"), "Le sort des hommes est moins inégal qu'on ne pense" ("O destino dos homens é menos desigual do que se pensa), "Le religieux chassé de la communauté (O religioso expulso da comunidade), "Le meurtrier par amour filial" (O assassino por amor filial), "Nala et Damayantî" (Nala e Damayanti).

Mahabharata (de onde vem "Nala e Damaianti"). Essa foi a primeira versão dos chamados *Contos indianos*.

Seria então oportuno apresentar nesta breve história a figura singular de uma outra mulher, Méry Laurent, muito famosa nos círculos de artistas franceses do fim do século XIX: atriz, casada com um dentista estadunidense (que lhe proporcionou uma vida livre e duas casas), ficou notória quando apareceu nua na peça *La belle Hélène*, no papel de Vênus; famosa também por uma sensibilidade artística que reconheceu o valor da pintura de Manet em primeira mão, quando seus quadros haviam sido recusados no *Salon* de 1876. Foi amante e inspiradora de Manet, Coppée e Mallarmé[16], entre outros, e dela se diz que inspirou também certos traços de *Madame* Swann a Marcel Proust.

Apesar de sua vida incomum para a época em que viveu e de seu formidável gosto artístico, de resto muito interessantes, o que nos convém é sua relação com Mallarmé. Conhecem-se em 1884 e seriam amigos até a morte do poeta, em 1898: surtia um efeito de encanto permanente naqueles de quem se aproximava, e quando romperam suas relações por assim dizer "românticas", Mallarmé escreveu-lhe de modo afável, numa carta de despedida, "Nada além de gratidão, Méry. Obrigado". Mas por conta daquele seu "formidável gosto artísti-

---

[16] Que colaboraram para inscrever o nome de Laurent na história: Manet a utilizou como modelo várias vezes e pintou seu retrato; Coppée e Mallarmé lhe dedicaram poemas.

co", por exemplo, ela leu e não apreciou o estilo em que foram transpostas as histórias indianas de Mary Summer — tampouco Mallarmé, na verdade — e encomendou então a seu amigo, com rara perspicácia, que tentasse a mão neles. Ele aceitou o pedido, alguns dizem que recebendo de bom grado essa oferta de dinheiro, selecionando as quatro narrativas que perfazem uma sutil e equilibrada unidade[17], sobre as quais opera sua refinadíssima reestruturação. Como assim?

O trabalho de Mallarmé, datado de 1893, é, no fundo, o trabalho de um grande especialista que cuidadosamente rearranja as partes de um objeto imperfeito: ele não reescreve as histórias, no que seria uma simples e convencional paráfrase do texto de Mary Summer, mas reconstrói a estrutura dos contos, muitas vezes apenas remanejando as mesmas sentenças em outra ordem narrativa, de onde extraímos que ele interpretou de modo muito diferente *o próprio aspecto narrativo* dos contos. Summer desenvolve o texto com o cuidado de redigir uma apresentação, ou introdução, com a qual pretende estabelecer o "clima" da leitura: são descrições de paisagem, panoramas, até que o foco encontre os personagens; sua narrativa caminha sem interrupções bruscas e de modo linear. Numa edição francesa de

---

[17] Seguem os contos na versão de Mallarmé, que selecionou 4 e refez a ordem de apresentação: "Le portrait enchanté" ("O retrato encantado"), "La fausse vieille" ("A falsa velha"), "Le mort vivant" ("O morto vivo") e "Nala et Damayantî" ("Nala e Damayanti"). Nota-se também a única mudança de título no caso de "Le meurtrier par amour filial", que se tornou "Le portrait enchanté" ("O Retrato Encantado").

ambas as versões, o prefaciador Jean-Pierre Dhainault escreve: "ela recolhe para nós os contos de uma outra civilização; sua intenção é sociológica, conservadora, quase museográfica"[18], porque esteticamente, diríamos, significam pouco.

Fazendo uso basicamente do mesmo texto em francês, Mallarmé o refunde de um modo que o resultado se assemelha muito mais à maneira moderna de se propor uma história do que ao aspecto convencional de registrá-la, e já se escreveu que, por uma "brilhante intuição" (uma vez que não sabia absolutamente nada de sânscrito e contou apenas com o texto que lhe antecedia em francês), ele teria conseguido também se aproximar do estilo original das histórias, mais terso e conciso. E, ao contrário de sua predecessora, iniciou os contos *in medias res*, isto é, não do começo, mas de algum ponto já dentro da história, sem preparações de vestíbulo[19]. Foi uma reconstrução *estilística*.

Um exemplo bastante instrutivo é do conto "O retrato encantado". Na versão de Summer, a história quase tem uma abertura de fábula: "C'était un soir, où le soleil s'abaisse derrière la montagne (...)", isto é, "Era uma tarde, em que o sol desce por trás da montanha (...)", introduzindo o leitor num amplo panorama através da notação de tempo e de alguma descrição de paisagem.

---

[18] Stéphane Mallarmé, *Contes indiens*, suivis des *Contes indiens* de Mary Summer, préface de Jean-Pierre Dhainault, Paris, L'Insulaire, 1998, pp. 11-12.
[19] A não ser em "A falsa velha", sobre o qual falaremos adiante.

O que Mallarmé faz pontualmente nesse caso revela a enorme segurança que tinha em seus próprios recursos, além de uma atitude específica em relação à narrativa: desconsidera os dois primeiros parágrafos de introdução do assunto e vai logo ao terceiro, de onde resgata a sentença que abrirá a sua versão, "*Tandis qu'il buvait, la pieuse femme le considerait attentivement*": "Enquanto ele bebia, a piedosa mulher o observava atentamente".

Ora, Mallarmé pinça de imediato o interesse do leitor: quem é a mulher idosa, por que observa esse jovem, onde estão esses personagens, etc.? Somos introduzidos a um enredo em pleno andamento, que exige toda a nossa atenção e cuidado. Queremos descobrir o que nos reserva uma tão curiosa abertura, e não somos entregues, como no estilo de Summer, ao conforto insosso de uma paisagem bem descrita, mas indiferente.

Entretanto, mesmo aí Mallarmé modificaria um detalhe essencial, que é o tempo verbal. Ele reescreve: "*Tant que le jeune homme* but, *la pieuse femme le* considéra[20] *attentivement*": "Enquanto o jovem bebeu, a piedosa mulher considerou-o atentamente", como lemos na presente tradução de Dorothée de Bruchard; Mallarmé levou os verbos narrativos habituais do imperfeito para seu sentido pontual, perfectivo, que desfaz a impressão de estarmos diante de uma lenda, ou uma fábula, do "era uma vez". Como Dhainault escreveu na introdução

[20] Itálicos meus.

francesa: "Stéphane Mallarmé não se orienta pela cronologia linear; seu giroscópio interior não aponta para o norte. Várias vezes deixa de respeitar a ordem sucessiva dos eventos, seguida por Mary Summer", e, mais adiante, "aquilo que ela conjuga em tempos compostos, ele transpõe para tempos simples, o que ela exilara no passado ele integra ao presente (...)". É o lema do "dar um sentido mais puro às palavras da tribo", flagrado em ação.

O que Mallarmé fez, portanto, foi tornar o texto, que era apenas um registro de uma história, nesse complexo estilístico repleto de vida, transformando imobilismo em movimento, ortodoxia narrativa e sintática em estruturas imaginativas, que não deixam por isso de ser funcionais, e injetam interesse no *modo como foram construídas*, e não apenas *no que estão dizendo*, pois o efeito geral é aproximar a narrativa do leitor, com tempos verbais que oscilam no domínio da pura fantasia e com um desenho que nos impede o desinteresse pelo que está sendo contado, evitando que venhamos a pensar, com um meio-sorriso malicioso no rosto, "sei para onde isso está indo". Com Mallarmé, nunca se sabe.

AS QUATRO NARRATIVAS

Comentar em detalhe cada conto levaria, além de ao cansaço, a "tirar dois terços da *graça*" de descobri-los, como escreveu o próprio Mallarmé sobre a leitura de poesia[21]. Ele está certo, eu o respeito. Mas chamarei a atenção apenas para alguns aspectos gerais da obra, e salientarei um ou outro detalhe da minha leitura que convém compartilhar.

Estes quatro contos se iniciam num momento de desequilíbrio, que aos poucos vai ganhando contornos de estabilidade, encerrando-se, como numa fábula, numa espécie de apóstrofe moral. Implicam algum tipo de metamorfose, em que o sentido da transformação serve também para o da narrativa, pois está reservada aos momentos de surpresa ou reviravolta. Há outras características interessantes que lhes dão unidade como conjunto de histórias, e clara individualidade como peças narrativas.

Dhainault assinala, por exemplo, que a cada um dos contos Mallarmé teria reservado o emblema de um dos elementos: o fogo, a água, o ar e, por fim, ao invés da terra, o acaso (embora haja no último conto, para quem quiser defender a uniformidade, todo o trecho das provações do deserto), que atuam como operadores das transformações: as narrativas foram organizadas em torno desses pontos para onde confluem as linhas de ação, e cada um deles é circunstanciado por um dos elementos, veículos da sabedoria que ilumina os personagens diante de seus destinos.

---

[21] Jean Ajalbert, em seu livro *Mémoires en vrac au temps du symbolisme* (1880-1890), Paris, Albin Michel, 1938, lembra-me outra boa frase de Mallarmé, do mesmo tipo: "Um poema é um mistério cuja chave cabe ao leitor procurar", p. 213.

Interessante também é notar alguns pequenos detalhes: surgem, no meio do primeiro conto, duas linhas sobre a despedida dos amantes que lembram claramente as *albas*, poemas que enfocavam a separação dos amantes ao raiar da aurora, pois normalmente era um casal adúltero:

A noite foi complacente com nosso encontro: será que ela mal se tendo cumprido, nos temos de separar!

No segundo conto, que abre ao mundo dos contos de fada — "No reino, etc. viviam duas princesinhas, etc." —, surgem dois *rachkas* (demônios que se chamam "ogros" na tradução francesa), e, embora pareça um simples emprego de formas conhecidas está, desde o começo, repleto de ironia, como no trecho em que a caçula, "de um sangue frio maravilhoso para sua idade", concebe e executa um plano para matar os ogros. O comentário que se segue é:

Tudo se cala, o ogro e sua mulher cessaram de viver: não apresentemos oração fúnebre.

Nesse mesmo conto, é possível perceber também uma nota de erotismo mais acentuada envolvendo as duas belíssimas princesas: sem ser um erotismo oferecido todo o tempo abertamente (como na cena do príncipe *voyeur*), ele é construído num uso muito apurado da linguagem.

Apenas um exemplo: Flor-de-Lótus, ao se enfeitar com o lótus vermelho toda manhã, não percebe que "desnuda aos poucos das lindas flores o tanque".

No terceiro conto destacaria apenas a descrição do rosto da princesa e de seus adornos, que muito se assemelham ao que apresentava na primeira parte deste prefácio, nas considerações sobre a estilística orientalizante do decadentismo em Moreau, Mallarmé e Huysmans. A personagem surge enfeitada de pó de açafrão, em que "um toque de antimônio se inquieta nas pálpebras".

Por último, chamaria a atenção do leitor para um aspecto do último conto que certamente era caro a Mallarmé: o jogo de azar, que é, etimologicamente, o jogo de dados[22]. A idéia do jogo seria expandida à sua dimensão de cosmogonia mais tarde, em seu importantíssimo poema "Um lance de dados" (1897), aquele que jamais abolirá o acaso; mas neste conto o jogo tanto é capaz de apagar uma realidade quanto de reinstaurá-la, e nele o fascínio da regra é também o fascínio da surpresa. O que seria uma maneira não de todo elusiva de definir a própria obra de Mallarmé.

Boa leitura.

---

[22] "*Az-zahr*, que significa o dado", como escreve Dhainault, *op. cit.*, p. 18.

AUTOBIOGRAFIA

Meu caro Verlaine,

Estou atrasado para com você porque procurei o que tinha emprestado, meio aqui e ali, ao léu, da obra inédita de Villiers. Em anexo, o quase nada que possuo.

Mas, informações precisas sobre este querido e velho fugaz, não as tenho: até seu endereço ignoro; nossas duas mãos se encontram uma na outra, como que apartadas na véspera, no virar de uma esquina, todo ano, porque existe um Deus. Afora isto, ele seria pontual nos encontros e, no dia em que, para os *Hommes d'Aujourd'hui* assim como para os Poetas Malditos, você quiser, sentindo-se melhor, encontrá-lo no Vanier, com quem ele estará negociando a publicação de *Axël*, não há dúvida, eu o conheço, nenhuma dúvida de que ele chegue na hora marcada. Literariamente, ninguém é mais pontual que ele: Vanier, portanto, é quem deve conseguir seu endereço primeiro, com o Sr. Darzens que até agora o tem representado junto a este amável editor.

Se nada disto desse certo, um dia, notadamente uma quarta-feira, iria encontrar com você ao cair da tarde; e, conversando, nos viriam a ambos detalhes biográficos que hoje me escapam; não o estado civil, por exemplo, datas, etc., que só o homem em questão conhece.

Passo a mim.

Sim, nascido em Paris, a 18 de março de 1842, na rua hoje chamada beco Laferrière. Minhas famílias paterna e materna vinham apresentando, desde a Revolução, uma seqüência ininterrupta de funcionários da Administração e do Registro; e apesar de quase sempre terem ocupado altos cargos, me esquivei desta carreira para a qual me destinaram desde as fraldas. Encontro um rastro do gosto de segurar uma pena, para algo além de registrar certidões, em diversos de meus ascendentes: um deles, decerto antes da criação do Registro, foi síndico dos livreiros sob Luís XVI e seu nome me apareceu embaixo do Privilégio do rei que encabeçava a edição original francesa de Vathek de Beckfort que reeditei. Outro escrevia versos ligeiros nos *Almanachs des Muses* e *Etrennes aux Dames*. Conheci, quando criança, no velho interior de burguesia parisiense familiar o Sr. Magnien, primo distante que publicara um volume desenfreadamente romântico chamado *Anjo* ou *Demônio*, o qual reaparece às vezes caramente cotado nos catálogos de alfarrábios que recebo.

Eu dizia família parisiense, há pouco, porque sempre moramos em Paris; mas as origens são borgonhesas, lorenas também, e até holandesas.

Perdi bem pequeno, aos sete anos, minha mãe, adorado por uma avó que primeiro me criou: depois passei por muito internato e liceu de alma lamartiniana com um secreto desejo de substituir, um dia, Béranger, porque tinha encontrado com ele em uma casa amiga. Era, aparentemente, complicado demais para ser posto em execução, mas tentei muito tempo numa centena de caderninhos de versos que sempre me tiraram, se não me falha a memória.

Não era, você sabe, para um poeta viver de sua arte, mesmo rebaixando-a em vários níveis, quando ingressei na vida; e nunca o deplorei. Tendo estudado inglês simplesmente para melhor ler Poe, fui aos vinte anos para a Inglaterra, a fim de fugir, principalmente; mas também para falar a língua e ensiná-la em algum canto, tranqüilo e sem outro ganha-pão forçado: eu casara e isto era urgente.

Hoje, vão-se mais de vinte anos e apesar da perda de tantas horas, acho, tristemente, que fiz bem. É que, afora os trechos de prosa e os versos de minha juventude e o resto, que lhes fazia eco, publicado em quase toda parte, cada vez que eram lançados os primeiros números de uma Revista Literária, sempre sonhei e tentei outra coisa, com uma paciência de alquimista, pronto a sacrificar-lhe toda vaidade e satisfação, como outrora se queimava toda a mobília e as vigas do telhado para alimentar o forno da Grande Obra. O quê? É difícil dizer: um livro, simplesmente, em vários tomos, um livro que seja um livro, arquitetônico e premeditado, e não uma coletânea das inspirações casuais por maravilhosas que fossem... Irei mais longe, e direi: o Livro, convencido de que no fundo há um só, tentado à revelia por quem quer já tenha escrito, mesmo os Gênios. A explicação órfica da Terra, que é o único dever do poeta e o jogo literário por excelência: pois o próprio ritmo do livro, então impessoal e vivo, até em sua paginação, se justapõe às equações deste sonho, ou Ode.

Eis, caro amigo, a confissão de meu vício, desnudado, que mil vezes enjeitei, com o espírito machucado ou cansado, mas ele me possui e talvez eu consiga; não fazer esta obra em seu conjunto (seria preciso ser não sei quem para tanto!) mas mostrar um fragmento executado, fazer cintilar a partir de um ponto sua autenticidade gloriosa, indicando todo o resto para o qual uma vida não basta. Provar pelas porções feitas que este livro existe, e que conheci o que não poderei ter cumprido.

Nada mais simples, então, do que eu não ter tido pressa de reunir os mil pedaços conhecidos, que me valeram, de tempos em tempos, a boa vontade de encantadores e excelentes espíritos, você em primeiro lugar! Tudo aquilo não tinha para mim outro valor momentâneo que o de ir mantendo a forma: e por mais bem realizado que possa estar às vezes um dos [*falta uma palavra*] todos eles reunidos mal comporiam um álbum, jamais um livro. É possível, contudo, que o editor Vanier me arrebate estes farrapos, mas só os colarei nas páginas como quem coleciona retalhos de tecidos seculares ou preciosos. Com esta palavra condenatória, *Álbum*, no título, *Álbum de versos e prosas*, não sei; e conterá várias séries, poderá quem sabe até seguir infinitamente (paralelo ao meu trabalho pessoal que, acho, será anônimo, o Texto falando por si e sem voz de autor).

Estes versos, estes poemas em prosa, além de nas Revistas Literárias, podem ser encontrados, ou não, em Publicações de Luxo, esgotadas, como o *Vathek*, o *Corbeau*, o *Faune*.

Tive de fazer, em momentos de dificuldade ou para comprar ruinosas canoas, tarefas honestas e só (Deuses Antigos, Palavras Inglesas) de que convém não falar; mas afora isto as concessões às necessidades como aos prazeres não foram freqüentes. Apesar de que, em certo momento, desanimado com o despótico livro desprendido de mim mesmo tentei, depois de uns artigos mascateados por aí, redigir sozinho, vestuário, jóia, mobília, e até teatros e menus de jantares, um jornal, *A Última Moda*, cujos oito ou dez números publicados ainda servem quando os dispo de sua poeira para me fazer longamente sonhar.

No fundo, considero a época contemporânea um interregno para o poeta que não tem que envolver-se com ela: está muito em desuso e efervescência preparatória para que ele tenha o que fazer além de trabalhar em mistério com vistas a mais tarde ou nunca e de quando em vez enviar aos vivos seu cartão de visita, estâncias ou soneto, para não ser lapidado por eles, acaso suspeitassem estar ele sabendo que não sucedem.

A solidão acompanha necessariamente este tipo de atitude: e afora o caminho entre a minha casa (é 89, agora, *rue de Rome*) e os diversos lugares onde devi o dízimo de meus minutos, liceus Condorcet, Janson de Sailly, Collège Rollin, enfim, me ocupo pouco, preferindo mais que tudo, num apartamento protegido pela família, estar em meio a alguns móveis antigos e queridos, e a folha de papel freqüentemente em branco. Minhas grandes amizades foram as de Villiers, Mendès e, todos os dias, durante dez anos, me encontrei com meu caro Manet, cuja ausência me parece hoje inverossímil! Seu *Poetas Malditos*, caro Verlaine, *A Rebours* de Huysmans, interessaram em meus *Mardis* muito tempo vazios os jovens poetas que gostam de nós (mallarmistas à parte) e enxergaram alguma influência intentada por mim, ali onde não houve mais do que encontros. Muito afinado, estive dez anos à frente na direção em que espíritos jovens iriam voltar-se hoje em dia.

Eis toda a minha vida despida de anedotas, ao invés do que vêm repisando há tanto tempo os grandes jornais, nos quais sempre passei por muito estranho: esquadrinho e não vejo mais nada, exceto dificuldades cotidianas, alegrias, lutos interiores. Algumas idas onde quer que se apresente um balé, que se toque órgão, minhas duas paixões de arte quase contraditórias, mas cujo sentido irá manifestar-se, e é só. Ia esquecendo minhas fugas, assim que tomado de demasiada fadiga espiritual, para a beira do Sena e da floresta de Fontainebleau, num lugar o mesmo há muitos anos: ali me pareço bem diferente, apaixonado unicamente pela navegação fluvial. Honro o rio que deixa soçobrar em suas águas dias inteiros sem que se tenha a impressão de tê-los perdido, nem uma sombra de remorso. Simples passeador em escaleres de acaju, mas velejador enfurecido, muito orgulhoso de sua flotilha.

Até logo, caro amigo. Você vai ler isto tudo, anotado a lápis para passar o ar de uma destas boas conversas de amigos, à parte e sem alarde, vai percorrê-lo com a ponta do olhar e encontrar, disseminados, os poucos detalhes biográficos a escolher que é preciso ter visto verídicos em algum lugar. Que aflito estou por sabê-lo doente, e de reumatismos! Conheço isto. Use salycilato só muito raramente, e pelas mãos de um bom médico, a questão da dose sendo muito importante. Tive antigamente uma canseira e como que uma lacuna de espírito, depois desta droga; e atribuo-lhe minhas insônias. Mas irei visitá-lo um dia e dizer-lhe isto, levando um soneto e uma página de prosa que vou confeccionar por estes tempos, na sua intenção, algo que fique bem onde o puser. Você pode começar sem estes dois bibelôs. Até logo, caro Verlaine. Sua mão.

Paris, segunda-feira, 16 de novembro de 1885.

CONTOS

INDIANOS

*Tradução: Dorothée de Bruchard,
publicada originalmente pela editora Paraula, 1995,
e revista para esta edição*

O RETRATO ENCANTADO

Enquanto o jovem bebeu, a piedosa mulher considerou-o atentamente.

Seus membros, esgotados de fadiga, exibiam uma robustez prestes a renascer, tão logo o viajante levantou-se. "Ah! Boa mãe, ele implorara, um pouco d'água, por piedade!" e então sentara-se, ou antes deixara-se cair, na varanda de um pequeno templo, às portas poeirentas da cidade. Como parecia o deus do templo, a velha anacoreta, por ele fixamente mirada, exalou, com devoção: "O nobre estrangeiro se surpreende ao ver uma criatura assim miserável como eu; e se as tristezas ou austeridades é que me tivessem reduzido a este estado?". Uma sombra, um fantasma de mulher, tal: as vestes religiosas flutuavam em volta do seu corpo como se abate a vela num mastro, ao cessar da brisa: seus cabelos, cordas branqueadas pelo orvalho, rudes, grisalhos, para fora do touca de musselina preta das viúvas. Dois lábios pálidos ressecavam-se ao fogo dos suspiros: duas gotas de sangue indicavam, em seus olhos, que as lágrimas se tinham esgotado. "Eu vivia (continuando) na corte daquele que outrora foi rei de Mithila, ama-de-leite do seu filho Upahara, a mais linda criança que uma mortal já carregou.

"Você conhece o ditado: as moscas buscam as úlceras, os malvados buscam as brigas, os reis buscam a guerra. Tudo sorria feliz quando o rei de Malava resolveu declarar guerra: nunca nenhuma obteve resultados tão funestos. O exército derrotado: pilhados, os tesouros do Estado; arrastados, correntes nos pés, meus augustos senhores, e jogados numa prisão onde ainda estão padecendo: eu, fugindo alucinada pelas florestas, o real rebento em meu seio, em meio aos tigres. Uma pantera, surgida da selva, me corta o caminho, desmaio sob sua garra; a criança sai rolando. Para onde?... Desesperada, acordei sem o precioso encargo, de que eu era para tomar conta até morrer. Um pastor bhilla[1], com suas flechas, imobilizou a fera: eu estava em sua choupana. Soube que as mulheres tinham levado o menino para a montanha, lá onde nasce o mel. O que foi feito dele? Deixaram-no crescer como a planta Soma à sombra dos bosques? Teria a tua idade, meu filho, e se os jejuns de uma pobre asceta viessem a restaurá-lo em seu triunfo, seria hoje o mais poderoso dos homens."

— "Abraça-o, então, depressa, minha mãe: pois está diante de ti a tão pranteada criancinha."

— "Meu coração já tinha me contado", exultou a ama, apertando o jovem contra o peito e beijando-lhe a cabeça e os cabelos, como outrora, rindo, chorando, num resmungo alegre e louco... Ele: "Não

[1] Tribo selvagem montanhesa.

te enganaram, um ermita que reside na montanha se encarregou de me educar e instruir. Soube desde cedo a sofrida história da minha família e estou aqui guiado pela vingança. Em minha fronte, podes ler, está: que libertarei meu pai e minha mãe; eu, de cuja existência ninguém suspeita."

— "Ah! Meu filho, a graça de Bhagavat abre-te seus tesouros; tua estrela te trouxe: o povo irritado sob os impostos e lamentando seu soberano legítimo, está prestes a revoltar-se e, graças a ti, abeiraremos novos tempos! Queda-te neste templo, ninguém virá procurar-te aqui."

O príncipe, após uma refeição de frutas, deitou-se sobre umas folhas. Não dormiu, refletiu longamente e, de manhã, feitas as orações e abluções, se aproximou de sua ama.

— "Mãe, preciso saber o que acontece no gineceu do cruel Vikatavarma.

— Que os céus sejam louvados! A humilde asceta tem em mãos um meio de te servir. Eis um amuleto, trabalho de minhas tardes, jóia sagrada, engastando todas as gemas do país no desabrochar multicor de um pavão, que quero, enquanto gorjal, oferecer à rainha: ela me recebe em suas horas de tédio.

— A rainha! Dize-me, é fiel ao seu esposo?

— Mantida à vista noite e dia no palácio, árduo seria não sê-lo; mas é só e, sob as carícias do rei, minha senhora se mantém tão fria quanto a neve do Himalaia.

— O Serralho é numeroso? A bela Sundari tem rivais?

— Tem. Mil.

— Assim, invejas, carinho, fúria, usaremos de tudo sem escrúpulo. Atiça o orgulho da rainha, esta corda sempre vibra nas mulheres; pinta o seu marido como um monstro disforme, vivo ultraje para ela! Vai, e me mantém diariamente ao par."

Só muito raramente as religiosas indianas perdem a oportunidade de cuidar dos assuntos alheios. Alguns dias depois, a ama:

"Eu mesma estive com a rainha, graças à relíquia, seu capricho imediato; e descerrei dentro dela, sobre seus infortúnios, tantos cuidados e até mais, do que desdobra a cauda infinitamente ocelada do pássaro de pedrarias. Ela agora maldiz o jugo que a prende ao marido."

— "Aceita meus cumprimentos, e me pareces ter envelhecido na intriga não menos que na penitência. Eu, por minha vez, não perdi tempo: com betele, noz de Arek, cânfora picada, cardamomo e madeira de coral, fiz meu retrato, que creio estar fiel. Apresenta, como mais um objeto raro de que o pavão deslumbrante foi precursor, este quadro, hoje ainda, à rainha; e farás de modo a que depois de ter possuído, na jóia, o que, para ela, já resume, de cintilações e de fogo, seu devaneio ao amante que desconhece, a bela contemple, sem ademais desconfiar que ele exista, ou que seja mais que fantasia, enfim, a imagem do desconhecido. Tu me dirás o que ela acha."

Na mesma noite a religiosa acorria ao templo.

"Ah! Meu filho, tudo anda a contento. Esta rainha, tão altiva, mas mulher, vejo-a ainda perturbar-se, e estremecer e empalidecer: segurava, com a cabeça inclinada, o quadro como que para mirar seu desejo. Esforçando-se por parecer calma: '— Quem fez este retrato? Não vejo nesta cidade nenhum artista capaz de executar esta obra. — Vossa Majestade sabe apreciar o talento; mas este retrato tem sobretudo o mérito da parecença. — Que dizes? Este rosto maravilhoso pertence a algum mortal? Responde depressa. — Grande rainha, se vivesse, sob os céus de safira, brilhante e dotado de tal beleza, um jovem de nobre família, versado nas ciências profanas e santas e do mais elevado caráter, o que lhe seria dado? — O que lhe seria dado? Ora, o próprio ser, a começar pelo coração; e isso tudo ainda lhe seria inferior.'

"Quão aladas, pelos raios, são as conquistas do Amor: ela! a orgulhosa Sundari, estaria sua frieza derretendo-se assim? O golpe, estás sentindo, foi certeiro, só precisei prosseguir baixinho. '— Devo informar confidencialmente à rainha de que o filho de um rei está atualmente viajando, incógnito. Vossa Majestade foi dar, por acaso, no caminho dos seus olhos, no dia da festa da primavera, no arvoredo situado às portas da cidade. Ele ali se quedou, na iluminação e no entusiasmo de si em que o puseram sua presença e, pensou ele, seus olhares; foi ele quem, com a própria mão pintou este retrato, para que ficasse um penhor daquilo que ele sentiu-se tornar, num instante de transfiguração. Se Vossa Majestade quiser convencer-se de que em nada exagerei, pode ser do seu agrado ordenar um encontro, para hoje, amanhã, quando lhe aprouver; e verá, encantado e sempre igual, aquele de que sou, à sua revelia, tão humilde mensageira.'

Sundari corou; temeu ter-se adiantado demais, mas mais curiosa, de súbito: '—Tens certeza pelo menos de que ele me ama? Ah! Não raro me aflijo sozinha; pois estou sozinha, não consideres como meu esposo este Vikatavarma, outrora vencedor e mais nada, do rei Mithila: milico vaidoso, pouco hábil na arte de agradar. Tomou-me à força; eu que era noiva, mesmo antes de termos, um e outro, nascido, por nossas duas mães amigas, do príncipe Upahara, arrebatado aos braços de sua ama, perdido e talvez morto, na montanha.'

"Um suspiro delicioso, desejo, meu filho, que respires algum igual, moveu a brancura de dois seios, sob o gorjal de turquesas, esmeraldas e o peso de muitas pedras. Como que querendo desviar-se de uma visão querida que teu retrato tivesse tornado importuna, ainda que decerto mesclasse as duas e para escapar de sua obsessão, voltou depressa ao que havia de mais diverso, ou a mágoa causada por seu marido hediondo: mal algum que ele não lhe infligisse. 'Suprema ofensa! Ele não hesitou, diante de várias de minhas damas, em brincar com uma dançarina, estrangeira, dispondo lótus em botão na cabeleira da louca: que ousava comparar-se a mim, por uma noite que ali dormira o infiel, cativo daquelas trevas perfumadas mas vulgares. Definitivamente, consinto em encontrar amanhã este jovem, ao cair da noite, debaixo do caramanchão de asokas situado, qual chafariz de água verdejante, no meio do jardim das mulheres.'

"Era isso, meu filho, o que tinha pressa em dizer-te. Terei errado ao garantir à rainha que estavas apaixonado por ela? Ao vê-la, não te arrependerás da aventura."

— Não, decerto: aos vinte anos e quando arde a juventude, não se foge ante a mui bela Sundari. Se é má ação seduzir a mulher alheia, o fim aqui a justifica; quero romper as correntes do meu pai. Ensina-me o que deve ser feito para penetrar no gineceu.

A boa ama insistiu nas precauções, explicando minuciosamente ao príncipe o lugar ocupado por cada um dos oficiais encarregados da segurança dos arvoredos: como ele devia agir para evitá-los. Antes de penetrar no recinto dos jardins, será preciso saltar por sobre um fosso (que levasse um bambu para este fim), escalar um muro; e dirigir-se através de um labirinto, sem outro fio condutor que o sorriso desejado de sua amante, até o cruzamento das sete alamedas, onde reina o caramanchão de asokas.

Upahara aguardava o final do dia seguinte.

Os relatos da religiosa fizeram-se não poucas vezes presentes em sua imaginação: ele até lembrava menos dos prisioneiros, da sua família padecendo na prisão ali pertinho, do que desta rainha impressionável, à qual uma união maldita ensinara ou como que fizera pressentir, mais sutilmente ainda por privá-la, toda a deliciosa embriaguez de um amor correspondido.

Um encontro com uma rainha merece, no mínimo, que se espere.

Upahara, antes de detalhar com o olhar o refúgio privilegiado de uma mulher elegante e todo um delicioso cenário que já encerra a sua presença, refletia consigo, retomando o fôlego. Rememorou depressa como na hora certa se aproximara do fosso que separa a morada real. Uma haste de bambu lhe serviu de ponte móvel para atravessar, na sombra, a água estagnante. Então, pular com salto de leopardo por sobre o grande portão, e, dali, deslizar no terrapleno, estava no coração da fortaleza. O grito choroso de um casal de pombos torcazes trocando juras por entre os juncos de um açude o deteve. Uma alameda se abre entre champacas tão altos e densos que lhe pareciam uma rua margeada de casas altas que suas mãos alcançariam, com os dois braços erguidos; no fundo, um alpendre areado dilatado por cem banianos seculares. A lua se mira, como que em tanques, no luzir dos sabres recurvos, ao longo dos camaristas adormecidos. O andarilho, de repente, chega, por uma curva, a intermináveis mangueiras. Que instinto ou conhecimento do lugar, para desfazer as armadilhas e seus mistérios! Ambos: pois o príncipe amava e lembrava dos conselhos minuciosos da prudente anacoreta. O caramanchão de asokas, término de sua marcha; enfim, abeira-o, detém-se, afastando suavemente as hastes artificiais floridas com perfumadas lanternas, que se inclinam para um leito bordado de seda, mas vazio. Cúmplices do amor ou de seus servos vigilantes, esperam ao redor de uma sombrinha descerrada um leque com pássaros imóveis, um jarro cintilante de gotas misteriosas, diamantes ou aromas.

Upahara distingue numa poeira de estrelas, prestes a revesti-la com deslumbrantes sandálias, a nudez de um passo. Aparentemente aquele passo enfrentara mais de um perigo, pois a aparição, que conduzia com silêncio ritmado, precipitou-se desvairada no salão de folhagem; e só os *nupuras* ressoaram alegremente a meia-altura de uma perna infantil. Um gemido, vindo como que de um lamentoso alaúde, atestou dois lábios humanos: "Ah! Fui enganada (não vendo o amante: ele se escondera, junto a um tronco, para desfrutar daquela vinda e não mesclar-lhe sua espera, e:) Por que, meu coração, acreditaste em algo impossível?"

Ah! A anacoreta, sua ama, enganara o adolescente: não era uma mulher, mesmo soberana e jovem, mas uma divindade. Um canto mudo se ergueu dentro dele, dizendo-lhe, com os batimentos de sua vida, estes motivos esparsos: — O cipó gracioso das sobrancelhas brinca seguindo o contorno dos olhos, estes lagos nos quais se funde o eterno anil de um dia de ventura — a face, em que escorre a pupila, é prateada como a haste do junco — uma boca, imersa, ela própria, no êxtase como um outro olhar maior, exaltado em direção aos céus, respira uma brisa igual à que atravessa a Malaya e seu sagrado bosque de sândalo. Ele titubeou ante a cintura fina e o seio erguido em oferenda, desvendado por uma onda de soberbos cabelos caindo nos ombros primeiro, depois na amplidão das ancas, acalmando, sem pesar-lhe, o movimento do andar ligeiro.

"Tenha pena de mim, mulher tão encantadora (ele saiu de seu esconderijo, ansioso), faça-me viver de novo; fixando em um, que a serpente do amor mordeu, o único sorriso capaz de fechar sua ferida, como um mágico bálsamo."

Súplica supérflua! Sundari não sentia necessidade de ser persuadida, nem vontade de se defender. A vida daquela escrava coroada, que nervos ora acariciados, ora quebrantados pelo fogo do clima despertavam como que para supremas músicas, com o acompanhamento temível e morno das paixões indianas, afluiu toda em um de seus olhares.

"Oh, murmurou o príncipe ajoelhado, reconheço-te, a ti que eu sabia antes de nascer. Ó Sundari, arrebatada por um tirano, minha noiva, tu me pertencias desde sempre: sou teu noivo, o filho do rei Mithila; vencedor dos perigos e da morte para, aqui, cair aos teus pés."

O kohila cantou, de repente, o hino matinal.

"A noite foi complacente com nosso encontro: será que ela mal se tendo cumprido, nos temos de separar?"

Qual criança amuada, a rainha se pendurou de repente no pescoço do belo Upahara, e lhe fez com seus braços perfumados um apertado colar. Logo, lenta e grave: "Se partires, senhor de minha alma, estejas certo de que meu sopro irá contigo. Leva-me, ou não há mais meio de existir para essa tua escrava!"

— "Paciência, querida insensata, poríamos tudo a perder com tão imprudente conduta; amando-me, escuta-me. Ninguém é, mais que teu esposo, crédulo às encantações e à obra dos feiticeiros. Mostra-lhe o retrato que te mandei: convence-o (não, não deves abrir esta boca de pérola para exclamar-te, nem rir, senão, menina, vou beijá-la) de que este talismã pintado possui o dom de metamorfosear naquele que representa quem quer mergulhe em sua contemplação; e, se me achas belo, exige que ele assuma esta aparência, se não jamais te agradará. Acrescenta, claro, para doutriná-lo, que é conveniente, por exemplo, oferecer um sacrifício, com certos ritos que vou te indicar. Jejum, no sexto dia da lua; com a chegada da noite, um sino por entre estes ramos deve avisá-lo, que vá sozinho, compreende? sem oficial nem guarda no cruzamento das sete alamedas. Não é só isso (não sejas divina assim, com a fronte erguida, ou esqueço alguma prescrição importante: uma) é que ele recite os mantras apropriados diante do fogo, aceso por uma mão desconhecida e pura, com cânfora, aloés, manteiga de noz fresca; que deverá consumir uma vítima degolada. Estás contando nos dedos cada ingrediente sagrado? Oh! vou segurá-los, miúdos e feito flores, em minha palma feliz, e prossegue: quando a gorda fumaça sobrepuser estes arbustos, o momento da transformação estará próximo: uma derradeira invocação aos elementos e às divindades propiciatórias... O rei assumirá a forma desejada. Não te assustes, não vai acontecer nunca. Cabe-te pôr, diante de teu esposo, o sino em movimento; assiste, para seres a primeira a presenciar, impaciente, à transformação. Não, nada disto, fica no harém, esperando o desfecho: ou virás. Só murmura no ouvido do imbecil as histórias que podem atraí-lo para a armadilha: não te custará nada: a mentira é o banho nas águas risonhas em que as mulheres nadam à vontade, elas apertam entre os dedos a espuma que é nada. Eu não te disse nada, mas saibas. Não fiz, com estas palavras inúteis, porém cada qual importando, senão beijar o ar que te contém, para que ele se mova de mansinho ao teu redor!"

Sundari adivinhou que os planos do seu amante não eram de extrema cordialidade em relação ao rei, mas, entregue ao seu desejo, isto lhe pareceu insignificante. O difícil ainda era desvencilhar-se, suspirando, dos braços do príncipe e retornar ao palácio.

Upahara, voltando à capela e para a anacoreta, no caminho só cruzou com um lagarto verde, fugindo na relva também de esmeralda; presságio excelente para casamentos e assuntos do coração.

Tudo dormia nos arredores azulados de lua do palácio. "O poder dos mantras é grande: amanhã, voltem amanhã, verão o resultado", peroravam os ministros à multidão que se demorava, investindo contra os pórticos na secreta esperança de contemplar o rei remoçado, embelecido, tão logo o rumor estranho surpreendera a cidade. O quê! Eles iam, em vez de um monstro diminuto, ter por soberano um guerreiro brioso e esbelto. Mais vívida alegria não poderia caber a um povo. Ele, Vikatavarma, entretanto, avançava para as pilhas de lenha inflamadas, na direção em que o sino chamou: cessa, o andar alentecido como que por uma suspeita, mas volta a si ante a clara segurança da fogueira a flamejar alegremente.

"Sundari (com uma voz só levemente comovida) que estejas presente ou distante, escuta: esta beleza obtida graças à tua benevolência, não penses que servirá ao prazer de tuas rivais. Sedutora amiga, nada temas, meus impulsos, jorrados para ti, irão sempre aumentar."

Exala assim sua pressa, não sem certa fatuidade futura.

Seus olhos fixos no retrato augusto que o assombra idealmente e em tudo, antes de assumir este deus que vai ser, eis que ele põe-se a lamentar; não o seu despojo de anão, mas o abandono das vilezas de que ela era a embalagem usual. Sim, tornar-se este jovem esplêndido, total, em pé, que agora se aproxima, fora do quadro rebentado e vão: e sê-lo magicamente para sempre! Quisera contudo revelar-lhe, para divertimento seu, alguns velhos truques ou malfeitos ainda na manga para um futuro próximo. O rosto soberbo contrai um sulco e parece sorrir. "Conversemos. Meus segredos (para que sejas totalmente meu, e meu humilde espírito, tu), eu os ofereço a ti, como o que tem de tão precioso e supremo o sacrifício no qual te invoco. Mandar estrangular alguns parentes que me estorvam; declarar, com um falacioso pretexto, guerra ao meu vizinho, o soberano de Bihar; levantar um novo imposto, é isto, ah! e mandar roubar um rico negociante que possui o mais belo diamante conhecido. Estava esquecendo do irmão de meu pai, o rei de Mithila, a quem destronei: é preciso acabar com isto, com algum excelente veneno, simplesmente..."

Upahara saltou de trás do arvoredo. "Monstro, pensou, é uma ação ao gosto dos deuses ceifar uma vida feito a tua."

Com um golpe de cimitarra perfura, prontamente, o corpo do miserável que talvez tenha acreditado, por um relance, no fulgurante cumprimento de sua metamorfose: ao menos é o que supõe, por caridade, aquele a quem o tirano tomava por uma aparição de sua beleza próxima, e que era o herói em pessoa.

A fogueira, ativada pelos borbotões de manteiga vegetal, obra por tornar o cadáver irreconhecível: a negritude inteira da alma que dantes o habitava, surgida por um instante nos traços carbonizados, tudo se apaga até para a lembrança.

Empalidecendo, junto a um chafariz cuja água silenciava pelo ar, Sundari esperava, desfalecia.

O príncipe correu para o palácio e penetrando, mais intimamente neste encontro, a personagem esvaecida: "Não tens doravante outro esposo além de mim!", convenceu ele. A viúva se contenta com esta frase curta e não ensaia falsas lágrimas.

Na escadaria de honra, os poetas, os panegiristas, os astrólogos, os brâmanes, os camaristas, se agrupavam para saudar o seu Senhor. O primeiro médico ousou cumprimentar Sua Majestade pela mudança favorável nela operada, embora, gaguejou... não tivesse sido por obra de nenhuma droga receitada por seus colegas e (emendando-se) conquanto a pessoa real estivesse antes disso longe de ser defeituosa.

Faltava tomar posse do Serralho: o novo rei nele entrou, dando a mão à sua primeira esposa.

As telas de ouro das lucarnas cortavam em certos pontos o raio matutino de lua; enquanto a agonia estelar de uma lâmpada, nos forros suspensa, animava um reflexo de invisíveis danças. Esvoaçavam também, nas alturas, grandes leques brancos que, com a asa, dispersavam em todo recanto aromas de delírio e olvido, vindos dos defumadores mal extintos. O banho, feito um grande olhar, espreitando o dia que vem, superfície límpida, esperava as adormecidas, ainda mergulhadas na transparência de seus sonhos apenas. Túnicas de seda da China, no chão, e as pétalas de corpetes desatados, um alegre esfolhamento: de onde teriam revoado, rumo a céus sutis, as abelhas e os colibris. Suas jóias, todas mantidas durante o sono, realçavam a nudez de cada uma.

Prontamente, o enxame se ajuntou. As damas, a quem a transformação do rei interessava antes de mais ninguém, abriram, estupefatas, olhos de pedrarias. "Como nosso Senhor está diferente, querida, dizia esta à outra, baixinho: não perdemos na troca; mas, igual, ainda o reconhecemos."

Upahara, para imitar o falecido, cuja eqüidade inegável consistia em distribuir seus galanteios segundo o anseio coletivo, pronuncia palavras amáveis congruentes aos rostinhos. A verdade é que tinha pressa de estar com sua bem-amada Sundari: com a qual prolongou até o radiante meio-dia sua noitada, a primeira de seu advento ao trono. — Um sorvete, alguns beijos ainda numa boca mais derretida e suave; e houve o Conselho. Os ministros chegaram com mil genuflexões e igual número de elogios.

"Senhores, disse o rei, minhas idéias mudaram com a minha pessoa; vocês sabem que eu não tinha muito boas intenções em relação ao meu tio, o ex-soberano de Mithila. Pois, agora, tenciono que seja livre, que se lhe restitua este reino, o seu, e que lhe obedeçamos como a um pai."

Espanto, degenerado em simples careta, dos ministros, depois em muxoxo; antes de um deles insinuar que a generosidade, em política, era qualidade contestável.

Sem escutá-los, o príncipe prosseguiu:

"Eu queria também invadir o território de Bihar. Depois de madura reflexão, desisto; o instante não é favorável: soldados massacrados, colheitas devastadas, a inimizade do solo e das gentes, eis o que eu ganharia. É sempre melhor deixar que nos declarem guerra do que declará-la."

Entrementes, é anunciado ao rei que o proprietário do famoso diamante pede para falar-lhe. O negociante entra tremendo: esperava ser espoliado e levar uma bastonada à guisa de pagamento, isso se o rei se achasse num ímpeto de generosidade.

Qual não foi sua surpresa, quando o monarca lhe disse em tom afável:

"Há tempos desejava possuir o teu diamante e,

como não me convém comprar coisa tão preciosa acima ou abaixo do seu valor, mandaremos avaliar a pedra por expertos."

Desta vez, não mais se tratando de política, mas de honestidade, os ministros se conformaram e declararam com grande entusiasmo: "É ele mesmo, nosso virtuoso, nosso incomparável Soberano, tal qual o pressentimos sempre e, melhor, tal qual o reconhecemos."

Dia, único, nobremente preenchido, de um reinado que terminou com ele. O velho rei e a rainha, tirados da prisão, acharam seu trono desimpedido: e, num degrau, conduzindo-os, seu filho terno e respeitoso: o qual, retraindo-se ante o poder paterno, contentava-se em ser príncipe hereditário; esposo embevecido, porém, de Sundari.

Naquela tarde, na hora em que o sol abaixa-se atrás da montanha e a noite estrelada sucede um dia ardente, os pastores retornavam, apressados como sempre, trazendo nos ombros seus animais pequenos ou cansados. Cada viajante se detém piedosamente, para saudar a soleira de um pequeno templo indicando a porta de Mithila; mas já não é aquele que esperava, chorando por ele, a boa anacoreta, recolhida ao palácio, duas vezes ama, de sua vida e de sua felicidade: agora que, graças a um hábil estratagema, reconquistou a si mesmo, filho, príncipe e amante.

A FALSA VELHA

No reino de Mathura, igual à cauda de um pavão, onde o solo, em vez de flores, entreabre olhos de esmeralda e diamante, viviam, sob este olhar, duas princezinhas, de mãe morta desde cedo. Um rajá, seu pai, de barba grisalha, que tratou de esposar em segundas bodas uma mulher muito bela e muito má. Detestando as enteadas, maltratando-as. O velho apaixonado e dominado foi deixando; cada dia trazia o seu tormento. Com a paciência esgotada, as meninas resolveram fugir; as duas cabeças rebeldes de catorze e quinze anos amadureceram, sob os caracóis, um plano de fuga. Burlando a vigilância, transpuseram as portas do palácio, as da cidade e, numa noite de luar, as duas filhas do rei, floresta adentro, andavam ao acaso enquanto o astro de raio sutil gelava a sua ingenuidade. Desconhecendo o correr aventuras feito malabaristas, o pavor as domina, começam a se arrepender.

De súbito, um suntuoso palácio oferece seu umbral, elas o penetram, irrefletidamente: a habitação de um rackcha malfazejo e de sua mulher que nada lhe ficava a dever. Os donos ausentes; a casa vazia. As fugitivas morrendo de fome avistam arroz fervido numa travessa de prata e comem-no com avidez. A refeição terminava, quando fez-se um grande alarido, do ogro e sua mulher retornando. As irmãs escapuliram para o telhado em forma de terraço; de onde, por uma abertura disposta na parede, elas viam, ouviam tudo lá dentro. O aspecto do rackcha, pouco confortante: seus olhos flamejando, uma barba arrepiada até os joelhos, a boca enorme pasmando sobre dentes afiados.

"Pelos mil olhos de Indra, ele rugiu ao entrar, alguém passou por aqui, Senhora, há um cheiro de carne fresca.

— Disparate, insinuou a ogra: quem ousaria arriscar-se no sombrio desta floresta? e somos temidos num raio de trinta léguas.

— Repito, Senhora, sinto um cheiro que por si só já me enche de apetite.

— Seus lábios trazem cheiro de sangue: não acaba o senhor de jantar mercadores encontrados na selva?

— Como queira. Estou morrendo de sede e vou ao poço tirar água; depois farei minha ronda, muito esperto quem me escapar."

Quem diria estarem as princesas tranqüilas, durante aquela conversa!

A caçula, de um sangue frio maravilhoso para sua idade, tão logo o amável casal rumou para o poço, foi vindo de mansinho. O ogro, já pesado por uma digestão laboriosa, tratava de descer o balde, e sua companheira, inclinada para a frente, de dirigir as oscilações da corda. Um gesto ligeiro como o raio, da corajosa menina, agarra o calcanhar de cada um dos esposos, precipita-os: atravessam o feroz orifício, debatem-se na água, clamam com fúria. Tudo se cala, o ogro e sua mulher cessaram de viver: não apresentemos oração fúnebre. A casa extravasava ouro e prata, o que sobrara da pobre gente que o dono devorara até os ossos. Às crianças pertenciam estas riquezas. Na esplêndida residência, um só inconveniente: estar, no mato, perdida. Duas jovens como Flor-de-Lótus e Gota-de-Orvalho ficavam muito expostas num lugar assim. Uma, em casa, se ocupava dos afazeres domésticos, a outra saía a pastorear. Flor-de-Lótus, esta, ainda que mais moça, dava, antes de sair, à mais velha, recomendações mil. Sobretudo não esquecer de trancar a fechadura, e "Se alguém bater, só lhe abra com o rosto polvilhado de carvão, para que não intua a sua beleza."

Felizmente ninguém se aventurava no lugar maldito. As mimosas, familiarizadas pouco a pouco com sua nova situação, juntas reconfortavam-se. Pelo ardor da caça levado, o filho do rei de Hastinapura[2], certa tarde, passa em frente ao palácio do falecido rackcha. Um príncipe da cidade dos elefantes, vivos ou esculpidos em pórfiro, dos quais possui a força e a estabilidade, só dificilmente se assusta. Com a comitiva à distância, caminha tranqüilo para os lados da morada, cujo silêncio o intriga. A porta, com as batidas de sua azagaia, permanece fechada e o real caçador, que não é paciente, resmunga e ameaça. Gota-de-Orvalho abriu com mão tímida, estendeu ao adolescente a palangana de água fresca que se oferece aos viajantes. Irreconhecível com seu rosto mascarado de pó preto e com trapos às pressas amassados por sobre a roupa, parecia a mais vulgar das servas; o esperto príncipe não se deixou enganar: farejou um mistério e, sem beber a água oferecida, bruscamente atira-a ao rosto da princesa. A tez reaparece e sua coloração primeira. Se o procedimento era brusco, o Senhor se desculpa com a eloqüência possível a um belo rapaz subitamente atingido pelo amor. Seu coração, sua mão, e seus tesouros, tudo, ofereceu à bela; que se calava intimidada e pensando no retorno da irmã. Nem um instante sequer ele admitiu a idéia de que se pudesse recusar ser a nora de um rei. Aquele rubor e aquelas lágrimas ele atribui a um púdico embaraço e, sem mais, envolve a mimosa em seus braços robustos. Uma liteira aguardava na floresta: para Hastinapura![2] — O quê! Nem sequer tempo de traçar umas linhas de despedida: um verdadeiro seqüestro. A Gota-de-Orvalho vem uma idéia brilhante, com vistas a deixar um fio à pobre retornante que vai encontrar tudo deserto. Desfia o seu colar, rasga uma echarpe de musselina e, em cada retalho envolve uma pérola, o precioso peso

---

[2] Hastinapura, isto é, Cidade dos Elefantes, outrora situada às margens do Ganges. (N. da T.)

há de reter o tecido na relva. A viagem de vários dias: ao longo dos quais vai semeando as pérolas, atirando a última antes de entrar no palácio do seu futuro sogro. O portal de madeira e madrepérola fechado, ela pensa, no pátio, no abandono em que se encontra Flor-de-Lótus; e soluça por dentro em uníssono com os chafarizes.

O sol, raios atenuados, inclinava para o ocidente, lá adiante, quando a pastora reuniu seu rebanho; preocupada que, contrariando um querido hábito, ninguém tivesse vindo ao seu encontro: logo entra, chama, vasculha em vão, e se cansa; despertado, só o eco, na casa solitária. A verdade transparece: roubaram-lhe a companheira. Melhor que se lamentar, segura vai dormir e deixa para o dia seguinte suas buscas. De pé, antes da aurora, uma primeira pérola avistada no gramado na extremidade do jardim, percebe a intenção da irmã. Segue em frente por uma estrada estendida ao sol e na poeira. Leva às vezes mais de hora até encontrar uma pérola. Os lavradores concedem-lhe por caridade uns punhados de arroz e dormir no estábulo; em sua precipitação descuidou de trazer o mínimo dinheiro: não é viagem de lazer. A beleza da errante princesa a destina a perigos, como ser levada por alguém terrível, senhor ou bandido, amante de manjares delicados. Certa feita, pernoitava no barranco, quando a assustou um cadáver de velha ali jazendo, decerto morta de fome: esqueleto coberto de pele. Dominar sua repugnância custa-lhe mais do que cuidadosamente retirar a máscara ressecada e lavá-la no açude próximo: aplica-a aos próprios traços com a precisão com que se enluva uma mão e, cortando uma haste de bambu, nela apoiada, costas curvadas, cabeça balançante, faz sua entrada, pela manhã, nas ruas de Hastinapura. Doravante segura contra qualquer tentativa amorosa. "Velha feiosa!", exclamavam, desviando o olhar, os passantes. Flor-de-Lótus ria sob as rugas e tranqüilamente apanhava a última pérola junto ao palácio, compreendera que sua irmã não estava longe. Tentou até introduzir-se na morada real; os guardas brutalmente a enxotaram. "Tão suja canalha podia ter algo a tratar com os grandes da corte?" "De outra feita (para si mesma) o acaso me há de ser mais propício."

Flor-de-Lótus arrendou-se, era preciso, enquanto isto, sobreviver, a um agricultor dos arredores da cidade. Trabalho pesado lhe cabendo, nada enjeitava, trabalhadeira qual uma camponesa. As mulheres compadeciam-se e ajudavam-na, em razão de sua feiúra, benevolentemente. Durante semanas, a menina manteve sua máscara e seu segredo, heroísmo inverossímil; a vaidade, porém, tem de recobrar seus direitos: assim, de manhã, cedo escapulia do monte de capim, sua cama, no alpendre do sítio, para se lavar no cristal do açude. Tirar depressa a pele emprestada, mergulhar a volúpia do rosto na água pura. Sua longa cabeleira lhe escorrendo assim nos flancos, penteá-la e, reatada, nela prender um lótus vermelho; pois tem um gosto imemorial por esta flor de sua infância, de nome igual ao seu. Livremente se deleita com o retorno da sua imagem, renova-a em sua memória e se abastece de si mesma, em segredo, por um dia. A pele velha, lavada, numa haste de caniço pendurada, escorreu, roçada de brisa. O dia brilha, é preciso voltar a ser feia, curvar-se, reintegrar o sítio e penar feito besta de carga.

Ora, circunstância imprevista por Flor-de-Lótus, sua visita diária desnuda aos poucos das lindas flores o tanque, o rei lhes tinha apego, não demoram em descobrir o furto: foi um caso propalado até o conselho dos ministros. Os políticos fundiam o espírito quanto ao meio de descobrir o ladrão. O segundo filho do rajá, valente rapaz, declarou que se encarregava sozinho de esclarecer a aventura. Galgaria uma árvore e, pelo verde abrigado, espreitaria o amante de cálices. Na mesma noite, o projeto foi posto em execução: o céu resplendia de astro, um vento mal enrugava o lago, agitando, sem soltar uma pétala, os lótus do rei.

Ao raiar do dia, apareceu a velha, pelo príncipe nas ruas de Hastinapura notada, como prodígio de feiúra. "Diacho! Tem graça, aonde vai a vaidade aninhar-se? E precisa de flores esta cara de macaco?... Vai ter de se haver comigo, senhora ladra." Assombro! A máscara amarela e plissada acaba de cair, para revelar o mais doce infantil rosto que algum dia alumiou: um deslumbramento comoveu o príncipe. Quem? Uma habitante da terra ou dos céus? Tão radiante aparição sequer já passara por sua idéia.

A inocente pensava estar só e calmamente entregava o corpo todo à curiosidade do jovem indiscreto. Saiu do banho, está sentada num degrau baixo da escada do açude, enquanto se evapora cada gota, diamantes nela esparsos: o supremo véu flutua nos contornos, hesita e some qual nuvem ideal, deixando-a mais do que nua. Ora ergue os braços estirando-se como que para salientar a redondez de seu seio, ora brinca com o ondular da água sob seus pezinhos brancos, até parece, em sua delícia, afogar-se um casal de pombas. Então lentamente trança a cabeleira, negra como a abelha da Índia. No tanque agora não se abre flor alguma, com mão marota apanha uma das últimas ao seu alcance e, no ingênuo espelho, sorri e se admira. O filho do rajá nada perde destes graciosos folguedos: fremente, afasta, para ver melhor, um ramo da figueira que o oculta... Ah! A ladra bem pode colher, impune, os lótus que quiser: ele nem pensa em puni-la. De súbito, terá sido o kohila a lançar seu canto matinal ou um grito dado por Flor-de-Lótus, o sol resplandece; nunca a graciosa demorara-se tanto: num minuto reajusta a máscara e foge. Em pé, junto à sua árvore, o príncipe apodera-se da flor amarfanhada que a moça jogou no chão: está perdidamente apaixonado e, portanto, disposto a todas as loucuras imagináveis. Voltando ao palácio, sobe amoroso ao terraço onde o rei reúne seu conselho: "Senhor, ofega sem mais preâmbulos, estou enamorado da velha serva que reside às portas da cidade, com o arrendatário de Vossa Majestade e, com seu consentimento, pretendo desposá-la hoje mesmo."

Os ministros, apesar do respeito devido aos soberanos, não conseguem conter um gesto de surpresa. "O quê! Este rapaz, cujo andar todas seguem com olhar extasiado quando passa, soberbo, pelas ruas; este príncipe que possuiria as mais belas mulheres do mundo: decair em gostos tão depravados!" O rei, este fica atordoado com tão estranho pedido: "Está perdendo o juízo, meu filho! emite ele afinal. Desposar esta mendiga anciã, um amontoado de ossos abjetos, quando a terra abunda em maravilhosas princesas. O senhor ousaria, à nossa raça, de que os filhos receberam o esplendor por herança, infligir esta vergonha?" — "Muito bem, meu pai; o senhor me recusa, vou neste ato jogar-me nas águas do Ganges, que os deuses perdoem-no por minha morte!"

A rainha, avisada, intercede por um filho adorado: este capricho de espírito doente, uma mania passageira, há que satisfazê-los, ainda que dure muito. Transcorre o dia nestas lutas domésticas; o menino mimado vence afinal. À luz das tochas, vão buscar a pretensa velha, que não ousa recusar tal honra, não entende nada; ela, noiva de um rei! Realmente, tanto enfeiar-se para alcançar este resultado! Pelo menos não irá tirar a máscara, o príncipe a acharia demasiado bela para deixá-la correr por aí, proibiria a busca da irmã que, mais que nunca, deseja encontrar.

Dois ou três oficiais do palácio assistem à cerimônia, celebrada por um venerável brâmane, sacerdote titular da linhagem real. O príncipe está radiante; arrasta para a câmara nupcial sua hedionda esposa e com aquela voz meiga que os homens sabem usar oportunamente: "Minha bem-amada, suplica, enfim estamos sós; retire, eu lhe conjuro, esta triste pele que furta à minha boca os seus traços divinos. — Estas palavras são para mim um enigma, friamente insiste a princesa que não sabe estar seu segredo desvendado. Bem queria ser mais digna do senhor; mas tal qual me vê, tal qual realmente sou. — Basta com esta brincadeira que desperdiça um tempo precioso. Vaidosa, que se diverte com meu carinho. Não sou paciente e costumam me ceder. O quê! Não obedece, é pôr demais à prova minha paciência. Jogue fora a infâmia de um disfarce, ou mato-a neste instante. — Pois então mate-me, senhor; sinto muito, mas não poderia mudar de pele, mesmo que para agradá-lo."

Súplicas, ameaças, tudo fracassa diante de uma teimosa. O esposo toma o partido de deitar-se junto à mulher; evoca, no contato com aquela carne murcha, a lembrança do núbil frescor que olhou pela manhã: mas por mais viva que seja uma imaginação, às vezes ela não pode apagar a realidade.

Aquela primeira noite de núpcias ressentiu-se disto.

Antes do amanhecer, a princesa, acreditando no sono do marido, deslizou da cama para iniciar suas abluções no alabastro de um recanto próximo. O rapaz, que espreitava em vez de dormir, furtivamente seguiu sua mulher e, pegando a famosa pele que se estendia no chão, lançou-a num braseiro, onde se consomem perfumes: ela encarquilhou-se com um ruído encantador aos seus ouvidos, quase como de beijos: "Arde, pele mentirosa, exalou: já me aborreceste bastante!" e voltando-se para Flor-de-Lótus, jovial brincou: "Pobrezinha, agora, condenada a ser a mais bela e a mais amada das mulheres. Não se envergonhe! Surpreendi o segredo de sua beleza no açude lustral dos lótus, onde jurei jamais tomar outra por esposa."

Um beijo mais bem sentido que o da noite concluiu o discurso do príncipe a Flor-de-Lótus, que o permitiu sem rancor. O palácio ressoou, como que ao choque sagrado de um gongo, com a feliz notícia: a princesa devolvida à infância foi solenemente apresentada ao olhar de toda a família. Contar a alegria das duas irmãs ao se reconhecerem e jogarem uma nos braços da outra exigiria o acompanhamento de um muito afinado instrumento musical, encordoado com as próprias fibras de corações amorosos: com certeza, após tantas aventuras, mereciam a felicidade, que é muda.

O MORTO VIVO

Uma nuvem de tristeza, como as que sóem passar pelos rostos humanos, naquele meio-dia se demorava no céu em geral feliz de uma região da Índia, às margens do Yamuna. Reinava o luto; doloroso, até mais que na época, duas vezes fatal quando, o rei mortalmente ferido na caça por um tigre, morreu a rainha dando à luz uma menina: esta, infância enjeitada, jóia de inocência, solidão e encanto, deixava o reino natal, ante o ódio de caluniadoras, suas cunhadas. "Atrevida (todas de uma vez gritando) saia daqui o mais depressa possível. Felizmente, a bocarra das feras não há de poupá-la; e não tornaremos a ver seu desagradável semblante." A acusação feita à menina poderia ser omitida, a tal ponto carecia de verossimilhança: tendo, na ausência dos irmãos, ou dos maridos das pérfidas, violado as leis do pudor com um homem de casta inferior, só restava morrer. "A menos (acrescentaram várias delas) que Tchandra-Rajá queira tomá-la sob sua proteção e desposá-la: então de muito bom grado bem alto clamaremos a sua virgindade."

Zombaria cruel, tendo Tchandra-Rajá, rei do país vizinho, poucos meses antes cessado de viver.

"Sim, sim! Prosseguiu o coro das fúrias: você vai

nos convidar para as suas bodas e escolher o assento de honra para oferecê-lo a esta tola (designando a mais moça de todas que se mantinha à parte, sem nada dizer): não procura sempre, querendo chatear-nos, ficar do seu lado?" A princesa agradeceu com um derradeiro olhar a solidariedade daquela que lhe alcançava furtivamente uns punhados de arroz, a vida de um dia, não mais. Arrastam-na, ela sumiu.

Na selva, semidesmaiada. Os servos retornam a passos largos prestar contas de sua missão. Ela arrisca um olhar ao redor. O deserto tal qual lhe contaram, em criança, ou que em seus juvenis isolamentos imaginou: não a areia infinita, mas o tenebroso horror de uma floresta. Troncos, cipós, flores e capim alto se confundem em demente pavor, causado pela imóvel vida. A menina carece da tranqüilidade desejada para examinar se é a Acácia flamejante, a festoar, ao sabor de seus cachos carmesim; a Mangueira esparramando ramos iguais a um guarda-sol, pintado do cálice purpureado das flores do Asoka; ou se a Figueira Religiosa ergue aos céus seu alto círio verde pálido, saudada pelo elefante, que passeia calmamente sob os arcos dos bambus. Ninguém, e seria todo soluço vão ou repercutido em riso pela plumagem furta-cor dos papagaios. A infeliz ergue em silêncio os braços, numa invocação à deusa da Fortuna Lakshmi, cujo nome ela traz; e desfalece, na relva.

Então, ao menos, lembra do arroz amigo; uma raiz

de lótus completa a primeira refeição, mal findando
e vem a noite. Os raios do sol esfriam e sombras ligei-
ras, em seguida, sobem no horizonte, pronto; sem que
preceda um crepúsculo. A selva se envolve de repente.
Este passe de mágica de uma obscuridade feérica e
despótica dá o sinal para o movimento esparso, tudo
se agita, e o ruído; logo os gritos do chacal que chama
ao longe a companheira; a tosse rouca interrompe de
uma pantera à espreita, mas não assusta, o trinado
cadenciado que se lançam um ao outro, a plenos
pulmões, como suas zombarias às feras, a sarika e
o kohila, do alto de um bambu. O passo pesado dos
búfalos em tropa avança nos altos capins. Nunca
calor tão enervante, penetrado dos fortes cheiros que
tudo exala a bel prazer: uma crise de chuva ameaça,
fragrante, tempestuosa. Uma gulabi, a serpente das
rosas, alegrada com a chegada dos raios, precede-os
com seus assobios; jóia sinistra, passando sobre a túnica de Lakshmi. Aterrorizada, ela levanta-se, corre,
engancha a veste nas vasantis floridas e se desprende,
para fugir da chuva fustigando-lhe, violenta, o rosto.
Uma luz, será o relâmpago? E a errante desfalece de
costas, mas, com os braços jogados à frente, abraça um
triste cipreste, plantado em frente a um monumento.
Fantástica arquitetura, com uma escada interna em
que algum ausente parece convidar o intruso que,
uma vez no alto, se lançaria ao céu. Ela aceita deci-
dida e sem rejeitar como que um presságio sombrio,

a asa de um destes morcegos grandes chamados vampiros ou ainda raposas voadoras, que lhe bate na testa, isso se não for sua própria cabeleira gelada: ou talvez, estranhamente, a negritude esvoaçada e obsessiva do cipreste guardião. Os inúmeros degraus levam para dentro de um domo de mármore branco fenestrado de recortes, feito renda, para que penetre uma claridade sutil. Uma lâmpada, ciumenta, afasta até mesmo este fulgor delicado, profano ou de fora; e, astro suspenso, reivindica a solitária cúpula. A admiração inquieta da menina reconhece, neste esplendor, algum traço estranho e lúgubre, e não se tratar de uma habitação comum; mas se exaure tentando adivinhar o lugar que a acolhe. Seus olhos acostumados à semi-obscuridade que uma colunata piamente mantém, magnífica, de perfumadores extintos, ela distingue, sob um dossel de luto, véus hesitantes qual preciosa fumaça no teto, labareda abolida de penachos, o corpo estendido sempre do mais belo dos jovens. Seu sono, extasiado e sereno de um Vishnu: trêmula aproxima-se, pé ante pé, melhor considerá-lo, sorri aos seus olhos cerrados para sozinho desfrutar o sonho, e que negros cachos sombreiam a cobrir uma fronte elevada e pura; enquanto que vermelhos como o fruto do vimba, másculos lábios esperam o instante de um beijo eterno. Apesar do principesco peso de aros de ouro que ata seu pulso a algum destino ignorado, oh! Erguer na sua, esta mão, aqui inativa e decaída nos ricos bordados de uma manta... A menina não ousa, não é que tenha medo, debruçada ainda sobre o rosto do guerreiro em repouso; mas pensa de repente no desalinho e na desordem de sua aparência, ante aquele homem, aquele senhor; e quer, à parte, ajeitá-la. Um cansaço a domina, luta contra o sono, nele não quer cair, mais por pudor que por pavor, lado a lado com o anfitrião da pousada. Espera, espreita. De súbito um sino de bronze aprofunda o silêncio e, com expressão reanimada, o herói ergue-se lentamente no leito funéreo, desce dali e anda, olhos abertos, direto para a lápide, onde amoitou-se a ingênua.

"Quem é você, atrevida, que vem perturbar os mortos?

— Uma pobre moça enjeitada (ela só ouviu da pergunta o que lhe dizia respeito) tentando abrigar-se da tempestade: não me escorrace, eu lhe suplico"; ora, a fugitiva conta a sua história, entrecortada de soluços, sem omitir nem mesmo as zombarias de suas cunhadas no tocante a Tchandra-Rajá.

Sob os seus trapos, Lakshmi conserva um ar de princesa; o relato, a marca da verdade. Toda iluminando o rosto, levemente untado com açafrão, em que apenas um toque de antimônio se inquieta nas pálpebras, a lâmpada lhe resume a claridade, por sua estrela, como um firmamento.

"Este soberano cujo nome pronunciou, não tema, Senhora, ele toma-a sob sua proteção; sou eu mesmo,

Tchandra-Rajá, o morto tão pranteado que, por um estranho privilégio, regressa toda noite, por algumas horas, à vida.

— Sua família então não sabe!"

Lakshmi não demonstra outro espanto diante da extraordinária revelação, e: "Iriam deixá-lo, de outro modo, nesta tumba fria?

— Minha vida interrompida o dia inteiro tanto iria desolar os meus quanto acreditarem que estou morto sem retorno. Este segredo só é sabido pelo brâmane, vigia deste fúnebre edifício; e, agora, por você."

O rei, abrindo uma porta, chamou o fiel empregado, que apareceu em seguida.

— "Cuida bem desta jovem: caso eu recobre a vida, juro, ela será minha mulher."

Dada esta ordem, a cabeça do Rajá se inclina, os olhos velam-se, ele morre outra vez. A cúpula, depois de a princesa acompanhar o velho, pertence ao silêncio.

De dia, tudo acontece segundo o costume, a mãe e as irmãs vêm lamentar-se diante do corpo descoberto de seu amado: por um milagre de conservação inverossímil sob o céu da Índia, ele não sofreu alteração desde o instante fatal; e ninguém cogita a suprema separação que seria sepultá-lo num sarcófago.

Quem duvida que, ao retorno da noite, Laskhmi manteve abertos seus olhos claros na ressurreição do jovem?

Quanto a ele, seu olhar precedeu seu passos rumo à jovem princesa: um grito, no entanto, ao vê-la adiantando-se, travessa, e a desordem arrumada de sua aparência virginal; então, como que expulsando outra visão: "A Peri!, exclamou, não! não é, não sinto rodopiar a cruel ponta de suas asas adamantinas e em mim inteiro floresce uma ferida diferente e deliciosa."

O defunto encerrou, nestas palavras, um mistério dele só conhecido, como sua tumba.

"Quem dera pudesse, nesta fronte de diamante, pousar o diadema! Só possuo, em lugar de um trono, o leito fúnebre, para lhe oferecer. Tão jovem, tão bela, tão viva, consentiria esposar um morto!

— A franqueza de minhas confissões em nada me roubará sua estima, o senhor tem o coração nobre. O meu, que desconhecia a si mesmo, ontem bateu pela primeira vez. Seus olhos, brilhando talvez com o longínqüo em que você desfalece para o mundo, me ornaram, detendo-se em mim, com a única jóia verdadeira, uma virgindade, que se revela, que sinto jorrar em meu peito; e cujo dom exulta rumo a você. Cintilar de toda a minha intimidade; divina, durasse apenas a hora de amá-lo e mais valiosa do que por cem anos ser a mulher de qualquer príncipe ilustre e vivo.

— Se assim é, minha querida, não adiemos mais e que se ate nosso laço."

A quem só tem duas horas de existência por noite, é permitido apressar as coisas. O brâmane chamou os espíritos para que fossem testemunhas do casamento e, abrindo os livros sagrados, leu as palavras de costume. Invoca Vishnu, toma as mãos dos noivos, enlaça-as, nelas verte a água lustral. Lakshmi abaixa os olhos sob o olhar em chamas do Rajá e estremece ao vôo das carícias futuras assim como os juncos do Yamuna natal se amassam na brisa. O guerreiro toma a jovem indiana, leva-a nos braços. Solene câmara nupcial, esta cúpula eternizando os emblemas da morte! A água funérea e o grão de sésamo permanecem nos vasos de ouro, perto da cama, onde o rei acaba de trazer sua desposada. O amor tira da morte sua majestade maior; e aliás não arde com calor suficiente para aquecer um túmulo? Vendo o Rajá tão apaixonado, ninguém iria adivinhar, ou sim, quem sabe!, que a vida está por abandoná-lo.

"Ah! ele suspirou, sem acrescentar: Que destino o meu! Esta cintura de flor, enlaço-a e meus braços vão desatar-se por si; logo recairei na imobilidade absoluta e nem todas as blandícias me poderão despertar."

Percebendo-o: "Quem dera me fosse permitido morrer consigo, caro Senhor, nem que fosse para penetrarmos juntos até o fundo do amor; e aproveitar para descobrir o motivo que ordena sua morte todo dia, e toda noite a sua ressurreição."

História horrível e misteriosa! A menina, que

entrou sozinha com um passo ingênuo no túmulo, sente que penetra, escutando, os arcanos ignorados do povo e da terra.

"Sabes, diz o Rajá, que a fortuna, boa ou má, ou a vida de cada um aqui em baixo, depende do mágico colar que traz ao pescoço; se o mantiver intacto, não corre risco algum. A esta crença espalhada em toda uma parte da Índia, eu, mais que ninguém, devo agora dar crédito. Certa tarde, eu passeava pelos aromas que dos jardins emanam, em volta do palácio, quando uma Peri, que com a asa agitava seu bálsamo e neles causava uma pequena revessa fragrante, de repente me amou; queria desposar-me e levar-me consigo para reinar sobre os espíritos do ar. Não franza o cenho, com isso nos cairia sobre a felicidade um instante escuro: Lakshmi, recusei com desdém. Não amava. A furiosa fada arrancou com mil garras o colar de grãos de sândalo que me retinha a alma, fugiu com sua presa; em seguida, caí morto. Uma vez dissipada a pompa do meu luto, só meus amigos e parentes conservando o hábito de chorar por mim aqui, onde fui magnificamente sepultado, eis que a todos invisível mas iluminando a minha morte, toda noite retorna, no dedo suspenso o colar furtado, a Peri. Recomeço a viver. 'Desta vez, consentes em desposar-me' ela sussurra com seus lábios por vir e querendo desabrochar; e fica aqui duas horas esperando um 'Sim' que não exalo nunca. Olha; ela está, sem dúvida, minha bem-amada, sobrevoando nossas cabeças: ciumenta, seu despeito deve ser violento.

— O quê! Ela assistiu aos nossos beijos? Não que eu a tema; mas nada, para estarmos a sós, nos livrará? Uma rede! Não podemos prendê-la nas malhas?

— Seu poder a torna inapreensível, não conseguiríamos sequer retardar seu vôo hostil: eu sinto, ela vai partir com o colar. Maldita Peri. Adeus, querida, dou, pelo espaço de hoje, meu último suspiro em tua boca."

O leito, fúnebre e nupcial, ensombrecia o amado rosto da esposa, debruçado sobre o outro, sereno, grave e frio do príncipe votado à imobilidade. "Toda noite (entristecia-se ela) será preciso sofrer esta lei, passar sem transição do auge da alegria ao excesso de dor, que suplício...

— ... Menina, e não é sempre assim a paixão, para os humanos, ardor, gelados frêmitos sucedendo-se para recomeçar?"

Lakshmi não teria escutado, nem percebido esta voz da experiência; tão fácil e tenazmente se instala num coração jovem a aspiração à felicidade perfeita. Mil apreensões a visitavam, que a inesperada carícia de um filho nascido há pouco não apagou: não iria ele herdar mais morte do que é preciso a um homem para existir, mesmo triste, entre aquelas paredes de basalto em que se extinguia o seu riso? Voltada assim para o ausente do dia, é verdade que as noites eram tão doces, sua solicitude temia, e acima de tudo, sentimento complexo e ingênuo!, que a Peri, cansada de assistir a seus arroubos, finalmente sumisse. Sua ira lhes servia, e o ódio: não talhavam uma felicidade e sua vida, aquelas duas horas de encontro noturno, no próprio castigo imposto pela hostil divindade?

"Minha bem-amada, você está definhando, mudando a olhos vistos. Egoísta eu seria se a condenasse a ficar mais tempo nesta prisão: por mais que me custe, você parte amanhã.

— Meu destino está onde você está, meu caro Senhor: morto ou vivo, jamais o deixarei.

— Por nosso filho, Lakshmi, eu lhe conjuro: você irá para a capital dos meus Estados; entrará no grande pátio do palácio, sentará seu filho num banco de mármore, hospitaleiro outrora ao meu devaneio: em memória de mim, têm com ele o maior cuidado, ninguém nunca descansa ali. Imediatamente tentarão afastá-la: implore a piedade de minha mãe e minhas irmãs que, caridosas, se comoverão tanto que lhe darão auxílio."

Uma das princesas está justamente passando pelo pátio: afasta as cortinas de sua liteira encarnada, endereçando piedoso olhar ao banco proibido. "Expulsem esta aventureira!" exclama tão logo avista a esposa obediente; mas, aproximando-se, seu rigor derreteu-se ante a beleza de Lakshmi como também ao milagre da semelhança entre a criança e o falecido rei.

"Majestade, exclama, vivamente indo ter com a rainha, siga-me e veja uma jovem mulher pobre que parece digna de interesse; e sobretudo um garotinho, retrato impressionante daquele que pranteamos. — Um secreto capricho do meu filho por alguma jovem da região!" e a rainha, a melhor mulher do mundo, instalou mãe e menino num bonito pavilhão contíguo à morada real; as princesas vinham às vezes visitar a misteriosa aliada de sua raça.

Lakshmi revia, na lembrança, erguer-se, como que à sua cândida aproximação quando, a orla do bosque deixada e um grande rio ladeado, avistou uma cidade enorme de templos, ruas, ramagens, o palácio, mais alto que tudo com suas galerias esfuracadas sobre as tríplices colunas, o ouro de torrezinhas e o terraço dos jardins suspensos, os pátios calçados com mosaicos, banhando suas escadas resplandecentes na paz de um açude sonolento de lótus brancos: a tantas maravilhas faltava alguém. Não por muito tempo; ei-lo, ó prodígio, retornando para não raro passar uma hora, ligeira e que soluçava a clepsidra, junto à mulher e ao filho. A Peri? A verdade é que não podia agir de outro modo, sempre pronta com o indispensável colar.

No mundo da transmigração, tudo se encadeia e o fatalismo dos orientais indica a resignação a uma lei inflexível, cada qual incorrendo em punição e recompensa em razão de obras boas ou más que realizou em existências anteriores. O Rajá cometera uma falta outrora, por cuja expiação sofria a penitência que se sabe; também tinha em seu favor uma soma de méritos que lhe valia sua ressureição diária. A Peri, fazendo o jogo do despeito ou vingativa, era apenas, sem saber, o instrumento do destino.

Tudo andava às maravilhas na residência suntuosa dos Rajás e o pavilhão ria nas flores, suas janelas emoldurando o rosto bem saudável da jovem senhora. Quando uma claridade ali acendia seu reflexo seguro, a espera não fora em vão lá onde a noite trouxera de volta o amante. Ruídos suaves, alegria, conversas: um camareiro, durante uma ronda, flagrou tudo, fez um relato à rainha: "O quê! Esta mulher considerada pobre não passava de uma tratante, explorando-as e regalando amigos à custa de suas benfeitoras!" Indignação, juraram tirar tudo a limpo; e a noite as conduziu a passos furtivos, por uma alameda, rumo à vidraça. Quem? Ele; o Tchandra que agora só evocavam em pranto; o irmão, o soberano, o filho; de pé, com os braços estendidos a todas, e vivo, pois neles erguia seu filho, querido fardo, prova ingênua aqui da realidade paterna, como que para apresentá-lo e confirmar-se, ao mesmo tempo. Os olhos do mimoso no teto acompanham, como que no céu, um rodopiar desvairado, para eles visível; tal a pureza nativa que possuem. A Peri! Unindo-se àquela alegria de reencontros; menos por generosidade de rival superior que sorrindo ao infantil privilégio de a estar vendo. Esvoaçando, deslizando, saltando. Uma mão cândida se ergue e quer decerto apanhar um objeto, cintilante e amigavelmente balançado, no ar: mil grãos, qual chuva, caem ao chão, é o colar, cujo fecho, com o brusco aperto, partiu-se; surpresa e desarmada, a sílfide foge; precipitam-se para juntar os pedaços, tudo é enfiado a contento, e a insígnia renasce no peito de seu dono, sob os dedos ligeiros da esposa vitoriosa: rompido o encanto! A criança devolveu a vida àquele a quem a deve.

Todo o mundo ficou encantado, mesmo o povo, que tinha o bom espírito de amar os seus reis. A rainha-mãe exigiu que o príncipe esposasse novamente Lakshmi, com grande pompa. Casal afortunado, para quem irá recomeçar a noite que só uma vez acontece! A verdade é que não a desfrutou até agora por inteiro. Um balé maravilhoso e único inscreveu-se no cerimonial: teve um prelúdio inesperado, e, por um momento, o espetáculo transportou-se para o salão. Impudência ou prudência, as sete cunhadas da princesa foram diligentemente à gala: um assento de honra, enriquecido com pedras preciosas, e que, vazio, dardejava seu olhar multicor, acolheu a única que outrora se mostrara compassiva. Para as outras, banquinhos de madeira tosca, para que sobressaísse sua vergonha. Lakshmi, levantando-se do trono, conta a história que se acaba de ler. Sua memória de mulher impiedosa e justa nada omite: nem o desafio que lhe foi lançado: "Acreditaremos na sua inocência no dia em que você desposar Tchandra-Rajá". Este dia brilhava, triunfal. O impossível evento se cumprira. Fugir, as culpadas não podiam: suportaram, cabisbaixas, uma reprovação unânime, a tal ponto que, abismados, seus maridos, outrora crédulos, agora vingativos, ordenaram de comum acordo que fossem despachadas para o exílio, prisioneiras pelo resto da vida. Punição que prepara o silêncio indispensável às evoluções deliciosas da dança.

Sobre um fundo de magnificência asiática sempre renovado, como se brotasse espontaneamente um esplendor de chafariz eterno, luminoso e puro, vai destacar-se o tão tocante episódio. Uma inspiração que só os dois esposos reconhecem, a da Peri favorável e reconciliada, evoca como que uma alegoria, real porque dela toma parte esta rival. Não que a celeste presença se manifeste aqui ao público, senão pelo espelhar de jóias no seio vertiginoso das bayadeiras, detidas e de repente derrubadas, como também o reflexo de um vôo circular superior de pedraria ou alma. Sua vontade, desde os inícios, dispersa a trupe anilada e pálida surgida como provavelmente outrora escaparam os dias do príncipe; então estas figuras regressadas, as mesmas, apresentam a metade noturna de seus véus e simulam, com a rigidez do sono, as monótonas noites do túmulo; com exceção de um clarão, fulgurante, o instante da ressurreição e dos beijos, mirado por toda jóia inteiramente de posse de seus fogos. Então elas mesclam, como o casamento de toda noite com seu dia restaurado, seu duplo aspecto, escuro ou claro, num turbilhão na ponta dos pés; e braços erguidos para a improvisadora ou fada, que se desvanece num rasgo de perdão e alegria.

A união humildemente consagrada diante de uma tocha funerária, celebra-se, agora, na claridade alegre das gemas e dos ouros; e, melhor ainda, de rostos abertos pela exaltação da simpatia, do prazer, da virtude.

A carreira de Tchandra-Rajá seria longa e brilhante; foi, dizem, um grande rei, um conquistador formidável, mas, particularidade rara, foi um esposo fiel: não buscou felicidade fora dos laços que o prendiam a Lakshmi e, a vida inteira, negou-se a constituir um harém. A deusa Fortuna realmente protegera aquela que levava o seu nome.

NALA E DAMAYANTI

Damayanti, cercada de companheiras várias, brincava nos jardins do serralho. Primavera, as árvores renovando uma roupagem de verde brando ou esmeralda, e o gramado, de flores. De súbito a princesa avista uma revoada de pássaros, arremessando-se para o bosquezinho em linhas cerradas até escurecer o ar. Brincadeira agradável esta, ela pensa, de dar caça a tantas penas e correr, as belas risonhas, todas, é outro branco turbilhão. Mulheres e cisnes aqui confundidos, pescoços se curvam ou se enroscam, rivalizam, mas é dos marotos pássaros a arte de brejeiramente esquivar-se e cansar as adoráveis adversárias. Damayanti mostra ser a mais ardente nesta louca corrida. O cisne perseguido pára e, enlaçando o ombro redondo da jovem, murmura: "Princesa, um rei respira, o mais belo dos homens, porque és a maravilha das mulheres: Nala, senhor do Nichadha[3], único esposo digno de ti".

O cisne, sacudindo sua neve, desaparece, a virgem se queda atingida no coração; ignora que, longe dali, passando por sobre um bosque, ele lança este grito para alguém,

---

[3] Não sabemos situar com exatidão este reino, mas não devia ficar longe do reino de Vidharba (hoje Bihar), terra de Damayanti.

pensativo lá dentro: "Supliquei-te, grande rei, que poupasses minha vida e me devolvesses ao espaço; assim fizeste e, conforme à minha promessa, falei com Damayanti de modo a que ela nunca ame senão a ti". O rei que, a pretexto de caçar, profundava seu amor na sombra das folhagens, pousou no chão o arco e as azagaias inúteis: de um homem assim apaixonado, a caça não tem nada a temer. Gansos, faisões, gazelas corriam impunemente debaixo dos seus olhos. Ele pensava na filha querida do valente Bhima, rei dos Vidharbanos, a legendária e fastuosamente bela Damayanti.

Naquele mesmo instante, ela, a delícia, cujos longos olhos sempre se abaixavam quando era exaltado o filho desconhecido do rei Nichadha, dedicava-lhe particularmente seu devaneio. Impossível seguir dissimulando a si mesma: ela o ama, a este herói de que o renome canta o louvor. Um langor altera os contornos harmoniosos do corpo juvenil, rosto descorado: e seus olhos, apenas, em vez dela, vivem, escurecidos e dilatados. Nem sono, nem riso e, assim como os médicos, as companheiras da menina são incapazes de distrair o seu mal. O velho monarca, melhor aconselhado pela ternura paterna, lembra que a princesa está com 15 anos e que é tempo de casá-la: manda proclamar, em acordo com os ministros, no badalar dos sinos, o *Swayambara* de sua filha bem-amada[4].

---

[4] Assembléia em que uma jovem escolhe, entre os pretendentes à sua mão, aquele que ela prefere.

Grande comoção no céu e na terra, entre deuses e reis: quem quer tenha o direito de aspirar à mão de Damayanti dirige-se para a capital do Vidarbha. Não é Nala o último a pôr-se a caminho. Quatro deuses consideram-no em sua carruagem puxada por elefantes engrinaldados, e ficam extasiados ante a beleza daquele mortal; abismam-se da abóbada celeste e detêm-no quando passa.

— "Nichadha[5], sempre nos foste devoto; precisamos dos teus serviços: sê, agora, nosso embaixador num assunto importante.

— O quê? Eu o farei, responde sem hesitar o piedoso amante.

— Se teus olhos puderem suportar o fulgor desta glória, verás Indra, Agni, Varuna e Yama[6], que aspiram à mão da mui bela Damayanti. Corre a avisá-la, de modo a que escolha um de nós.

— Imortais, o que estão exigindo de mim? Poderei pleitear sua causa, eu que aqui venho com um objetivo não diferente do seu? Pode um homem dispor de tal influência sobre a mulher a quem ama perdidamente? Minha língua há de emudecer em presença daquela que aprisiona também minha alma.

— Prometeste, não te podes desdizer.

— Por bondade, senhor Indra, uma só observação: como chegar até a princesa? Lembre-se; os aposentos

---

[5] Os deuses assim o chamam pelo nome do seu reino.
[6] Indra, rei dos deuses, senhor do trovão. Agni, deus do fogo, Varuna, das águas, e Yama, senhor dos infernos.

das mulheres são vigiados de perto; e terríveis as ordens do rei.

— Isto te detém, mortal tímido; Indra saberá te introduzir no gineceu."

Pelo poder do deus, Nala se viu transportado, no mesmo instante, para entre os espelhos do serralho: vertiginoso, ofuscado.

Repouso, leques abanados pelas mulheres de Damayanti à sua volta; lâmpadas apagadas, o frescor da noite inunda livremente cada abertura. Leve como as nuvens flutuando após uma chuva de outono, a virgem real ondula sobre a prata e seda de uma penugem de cisne, lembrando a brancura dispersa pelo vôo do caro mensageiro, cuja confidência ainda a perturba. A lua infiltrava seus raios na sombra desfeita de uma cabeleira incomparável e até nas pupilas ocultas sob os pontos vacilantes de cílios negros: os olhos ali se fecham, no meio do perfil descorado evocam um lótus com uma dúplice abelha dormindo na corola. Só brilham uns lábios com fogo de rubi, em sua casta romã nunca saciou a sede a boca de um vencedor. Mais a ver com o botão do champaca antes de ficar carmesim, o contorno claro das faces. Algumas gotas de suor, inocente colar deslizado, perolando nos braços, nos ombros, no seio que soleva o porvir.

O herói estremece aos segredos daquela beleza, flagrada embora inviolada. Flor irrespirada ainda, fruto sabor de mistério, Nala, tinha ele de renunciar a possuir-te: expressando-se diante de ti por outros que não ele próprio?

Um grito, lançado pelas mulheres do serralho, diante de um homem, as lâmpadas apressadamente acesas: a raiva se esvaece ao aspecto de Nala: "Será um homem? presumiam; antes um Ghandharva, um Yachta[7]? Só o decoro conteve o burburinho de sua admiração. Damayanti abre os olhos e encara aquele que até então só vira em sonhos: em pé, toda enrubescida: "Fala depressa; quem és? Nas asas de um gênio, ou então, como vieste?

— Perdoa minha audácia, rainha; fui enviado para junto de ti pelos deuses, e graças a eles pude chegar aqui sem ser visto. Indra, Agni, Varuna e Yama, os quatro, aspiram à tua mão e insistem para que escolhas."

Nala, esgotado pelo esforço; há missões penosas de se cumprir. Um cândido sorriso se abre no rosto de Damayanti. "Respeito e adoro os deuses, diz ela, mas só a ti escolhi por esposo: minha riqueza ou eu, a maior que eu tiver, com toda a confiança, senhor, a ti entrego. Toma. Não percebeste, o amor me consome e não mandei convocar a assembléia dos reis com outra esperança que não a de tornar-me tua mulher."

O herói se sente fraquejar ante a inocente e franca ternura, mas fiel ao dever e à fé jurada: "Como pre-

---

[7] Gandharva, ou músico do céu de Indra. Yachka, guardião dos tesouros do deus das riquezas.

ferir um homem, quando os imortais te dirigem seus anseios? Desprezá-los por aquele que não iguala o pó de seus pés? Agni, o soberano dos seres, que há de, um dia, consumir a terra; Yama, que mantém os homens no dever, segundo o temor dos castigos; Varuna, o senhor das águas; Indra, senhor do trovão, rei dos deuses, flagelo dos Dânavas[8], os recusarias!

— Eu te amo, Nala; aos meus olhos és maior que eles todos. Rejeita-me, e buscarei no veneno, no fogo ou no rio o único olvido de minha dor.

— Ah! Meu amor vale o teu. Se eu me consumia, noite e dia, antes de conhecer-te, o que dirá agora, mulher sem igual: mas não descuidemos que vim aqui defender interesses alheios, não os meus. Se eu trair os deuses, não temes, ó bem-amada, sobre nós, a vingança destes seres poderosos, que dão morte?"

Um jorro de lágrimas brotou dos olhos de Damayanti: recurso supremo na mulher, quando não encontra resposta para um argumento terrível: "Eles te atormentariam, é verdade; mas (erguendo a cabeça, em que o querer iluminava os olhos grandes) encontrei um jeito que concilia tudo: esteja presente amanhã ao meu Swayambara, diante de todos, escolho-te por esposo. Os deuses nada te irão censurar: seu despeito, se o sentirem, ou a raiva, recairá sobre a única culpada. Adeus, nobre guerreiro, sai depressa do serralho, onde te poderiam flagrar."

---

[8] Titãs, inimigos dos deuses.

Nala obedece, mas na soleira do aposento, vira-se: debruçada para fora do leito, a virgem o seguia com apaixonado olhar, que parecia dizer: "Estou te mandando meu coração; que ele não volte para mim!".

O esplendor de um império prodigalizava-se nas cerimônias de Swayambara. Os reis, na hora marcada, se juntavam sob a arcada externa de um colossal anfiteatro. Sustentado por colunas de ouro, um estrado suportou todos os pretendentes. Ver, pairando sobre a multidão, seus robustos braços nodosos como clavas, cabeleiras onduladas, arqueadas sobrancelhas, brincos pesados de pedrarias, menos que os olhos brilhando, nos levaria a sonhar com grandes leões paramentados se reunindo na montanha. Por último apareceu Damayanti, seguida por duas filas de cem mulheres cada, formando seu cortejo habitual: todas com guarda-sóis matizados ou echarpes versicolores em sinal de alegria, erguidos como que para uma dança. Um furor de admiração avultou diante da princesa, mais milagrosa que nunca. Nenhum pretendente ousaria naquele momento expressar um desejo em causa própria: esqueciam a si mesmos; foi preciso a proclamação, magnificada por trombetas, do nome daqueles reis, para que isoladamente viessem desfilar aos pés da preciosa menina. Neste ponto se deu um estranho incidente. Os deuses, servindo-se de astúcia tomaram, os quatro, a forma de Nala: e cinco figuras, a mesma, passaram pelo olhar que a moça preparava. Angústia, e como orientar-se? Damayanti, nesta ocasião, endereçou aos deuses um apelo ouvido; que vindo de alma tão pura e em tão fervoroso impulso os tocou. Eis que logo passa a discerni-los com suas características próprias: isentos de poeira e suor, olhar imóvel e corpo que não encosta no chão[9]; ele, Nala, com os dois pés no solo, sua sombra na areia estendida, piscava, com a testa úmida de transpiração e as coroas sem viço. A adorável andou rumo ao herói e, com gracioso embaraço, jogou-lhe uma grinalda em volta do pescoço. Assim se declarou a escolha da virgem real, aos aplausos repercutidos da multidão vasta e longínqua saudando o vencedor; enquanto que os deuses, sem graça, partiram, rindo ironicamente.

Núpcias imediatas, magníficas, celebrou-se o sacrifício do cavalo, todas as ofertas de costume exalaram seu aroma às divindades; apesar de que, no fundo de sua alma, o velho Bhima lamentasse não ser sogro de um dos quatro habitantes do céu. O rei do Nichadha levou a jovem esposa para os jardins de seu reino; o casal esquecendo, à beira dos açudes e no labirinto florido, os obstáculos sobre os quais tinha triunfado; e duas rosas que não se esfolhavam eram as bocas de ambos por toda parte buscando-se venturosamente. Um filho, uma filha nasceram, diligentes penhores de seu amor.

Toda felicidade só afasta a angústia por alguns dias,

---

[9] Segundo os hindus, o olho dos deuses fica sempre aberto sem piscar, seus pés não encostam o chão e seu corpo não produz sombra.

não a destrói: um gênio malfazejo, chamado Kali, também ele a suspirar pela princesa, jurou vingar-se. A couraça de virtude que envolve Nala esconde um defeito, o rei é jogador; apaixonadamente: tudo, seu reino, as cidades, os súditos, empenhar num lance de dados! Aceita uma partida sugerida por seu irmão Pushkara. Kali insinua-se nele, o invade e comanda. A sorte volta-se contra o rei, sorridente e primeiro quase indiferente: seu ouro, bruto ou amoedado, seus carros, suas parelhas reluzentes, tudo, até suas jóias e roupas, ele perde sucessivamente. Os dados, ao cair, marcam com ruído estridente sua inimizade para com Nala: seu desespero os lança no espaço como quem mostra o punho, sempre eles o traem. O jogador se obstina, treme, vacila; febril de não comer por três dias e a beira das pálpebras queimada pela insônia. Gritos, ministros, povo, que querem chegar ao soberano e arrancá-lo a esta luta insana: todos forçam as portas, paralisados na soleira, diante de um rei a quem só falta perder seu reino. Damayanti aparece. O infeliz, em seu delírio, não ouve as advertências dos conselheiros nem a súplica daquela que tudo podia em seu coração. Olha desvairado, dardejando os dados, invoca-os, ameaça-os e, enquanto houver cacife, sua mão crispada sacode a ruína. Fascinados, a esposa, a multidão, os próprios deuses, do alto do céu, acompanham, mudos, o ato ímpio. Os supremos dados se estatelam com alegria sinistra, pronto: o glorioso reino já não pertence a Nala. Pushkara escarnece a vítima: "Vamos continuar! Ganhei tudo, exceto Damayanti; ora, se quiseres minha opinião, aposta Damayanti".

Profanação diante da qual recuou o Demônio que perturba Nala: o infeliz, sem responder, arranca seus adornos, joga-os desdenhosamente aos pés do adversário, foge. Damayanti se queda à porta do palácio, esperando pelo marido, os dois filhos entregues ao avô. Abandonados por todos (Que morra!, ameaça Pushkara, quem quer que acompanhe o casal real), Nala e Damayanti deixam a cidade em que reinaram. Andam ao sabor de uma trilha da floresta. "Ó dados, berra o impotente com a raiva oprimindo-lhe o peito, sombrios combatentes que não cedem à objurgação nem às súplicas, os reis, se possuídos por vocês, curvam a cabeça: vocês me queimam, carvões celestes, de desejo ainda e desgosto, tomaram-me tudo, eu os amaldiçôo; ó dados impiedosos[10]! Tu, mulher inocente, vais carregar o fardo de minhas faltas? Eis, diante de nós, a estrada do sul; lá adiante, atrás dos montes Vindhyas e do rio Payochni, está o reino natal de Vidharbha, é lá que doravante tens de viver, junto aos teus pais. — Vem comigo, caro esposo; meu pai ficará feliz com esta hospitalidade e em reparar as faltas da fortuna contigo. — Nem pensar! Retornar como mendigo onde brilhei como rei: implorar a piedade de teu pai, eu, que

---

[10] Vide o hino ao Deus do Jogo, no Rig Veda. Tradução de Langlois, 2ª ed., p. 531.

ainda me julgo seu igual. — Então, não vou te deixar: monarca te amei, te amo mais ainda pobre e desprovido. Tornaremos a ser ricos, se restar a Nala meu braço para sustê-lo, meu colo para que descanse a cabeça, e minha voz e meus olhos onde provar o esquecimento de suas mágoas. — Ó Damayanti, os deuses modelaram com céu a mulher, cujo desvelo consola o homem aflito e não vou mais me queixar da sorte, bem-amada!"

Uma cabana, deserta, surgiu na estrada para o casal extenuado por quatro dias de andança e fome; seu teto concede-lhes ao menos o sono sob os juncos. Nala machuca neles a testa, não dorme; Kali, o mau espírito, atormenta-o com pensamentos de orgulho. "No chão, então, sem esteira e sem manta, está deitada aquela que só pousava as sandálias em tapetes de pele e plumetis: sua cabeleira escorre suja e revela um rosto ignorando até hoje a poeira, exceto a das asas de borboletas que a roçavam ao passar. Teria Nala o direito de fadar a tantas privações a irreconhecível princesa que risonha e ilustre o escolheu entre todos? Viver assim decaído, ele, junto à mulher amada, que humilhação: antes morrer!" Espectro de si mesmo, vai e vem entre as paredes mirradas, presa do assalto de uma luta. Ele partindo, Damayanti talvez encontre um destino melhor; mas, sozinha deixar, nas selvas, ao dente de tigres e serpentes, a confiante que adormeceu sob sua proteção: terá esta triste coragem? Kali vinte vezes o arrasta, mas a piedade torna a ganhá-lo.

Vence o demônio. Nala lança um olhar escurecido de lágrimas àquela que abandona: "Mulher mui amada, ele não ousa proferir, que os deuses te envolvam em sua proteção: possas tu, longe de Nala, conhecer a felicidade que ele não te soube dar!"

Perdidamente, desta vez, e sem mais olhar para trás.

Damayanti acorda sorridente, ao sol que penetra, seus olhos buscam o rei: chama-o de mansinho, depois aos gritos: que o eco cruel retorna, ó solidão! — "O quê! Será possível? Nala, não aproveitaste o meu sono para abandonar-me, como o elefante à sua companheira, ao silêncio da floresta? Eu te ofendi, meu senhor? Não: queixei-me? Jamais. Ao seguir-te meus pés se rasgavam nos espinhos. Teus sofrimentos, a fome, não conjurei com meu carinho? É loucura preocupar-me. Não foste embora. Estás espiando a minha dor, escondido num arbusto, escutando-me chorar e não vens me consolar, ingrato! Brincadeira sem graça, acaba com ela, depressa."

Saltou o antílope que quer juntar-se ao seu rebanho; ela, em espírito, também: até que não mais possa duvidar da terrível verdade. "Ai! (ajoelhando-se) culpado ele não é; porém mais infeliz que eu; e o que há de ser dele, privado de sua companheira?"

Imolação sublime do amor verdadeiro: esquece a si mesma e procura desculpas para quem a lançou na desgraça.

Um cipó prodigioso balança, movido por vento

algum e no cálice que traz pendurado, gemado de pedraria sombria, Damayanti não reconheceu a jibóia que, bocarra aberta e olhar reluzente, vai mordê-la. Aos seus gritos, acorre um caçador de gazelas; uma flecha, o réptil desenrosca-se morto. A princesa, saindo de um desmaio, dirige, em meio ao pavor, palavras férvidas ao seu libertador, assim como pelos rasgões do vestido sorri e agradece a brancura de sua carne salva: um perigo ameaça, pior, ela o pressente no olhar ardente do caçador que não se desvia dos seus encantos. Braços abertos, avança o homem; mas ela, dotada de insuspeita autoridade, emite um gesto apenas e o audacioso rola estendido no chão, como árvore derrubada pelo raio. Os deuses tinham vindo em auxílio de sua protegida. Recomeçar a correr, ver tigres cuja bocarra sinistra e rosada lhe parece inocente diante dos beijos de um violador ou, em sua corrida, deparar com manadas de búfalos e elefantes, ouvir o rugido e o miado dos leões, panteras e leopardos: terror, para ela, menor, do que aparecerem selvagens e, sobretudo, rackchas[11] de formas hediondas. Fugindo dos humanos, escala rochas, extravia-se nas grotas, escuta perderem-se torrentes e borbulharem cascatas, atravessa pântanos, ladeia açudes, lagos, rios. Tudo, e machucar os membros nos ramos enredados dos arjunas, jambeiros e bambus, de mil espinhos, antes que um face-a-face

[11] Gênios malfazejos, espécies de ogros.

com quem não for seu esposo. Ela o pede de volta, ora à árvore asoka que conjura a tristeza, ora ao monte Vindhya, porta-estandarte da floresta, cujos cem picos dividem e sustentam as nuvens como a tormentosos tecidos.

Eis que se aproxima de uma ermida: anacoretas, serenos, vivem ali em contemplação divina. Sua história, e esta súplica: "Eles, os pios videntes do porvir, em razão de sua austeridade; que consintam em dizer-lhe se tornará a ver Nala: se não, mais nada há, para ela, a tratar com a vida.

— Tornarás a ver Nala" responde o coro dos eremitas: então, fogos consagrados, cabanas e até mesmo o rio que corria pela pradaria, tudo some. Uma miragem que se esvai, ou sonho seu? A fugitiva está sozinha na floresta.

Ela segue uma caravana. Olhar extraviado, emagrecida e pálida, o que sobrou de suas vestes em farrapos sujos, como seu cabelo, de poeira, errando sem trégua, avista a tropa dos viajantes à cata de um vau para atravessar o rio. Seu deplorável aspecto afugenta vários deles; mais perspicaz, o chefe intui, nesta mendiga, uma mulher de elevado nível. "És a deusa destes bosques ou a esposa do rio?" Mas: "Homem venerável, dize se viste andar um guerreiro majestoso como um leão sacudindo a juba. Eu te digo seu nome, é Nala, rei, meu esposo e o procuro noite e dia." O chefe da tropa só cruzou com feras naturais da floresta. A caravana, aliás, em marcha há tempos, está chegando ao final da jornada. Tchédi, capital dos estados do rei Subahu; de que está próxima. Damayanti se junta aos viajantes.

Um lago perfumado de lótus, acampam ali à noite, em meio à abundância de tudo o que é bom para a vida, lenha para se aquecer, fontes para se desalterar; os animais pastavam prados gordos, mulheres colhendo os frutos, homens mirando a caça. De súbito, a caravana adormecida depois da refeição, um rolar de ruídos e batidas no espaço, que não é temporal: nem são blocos rasgados de uma montanha despencando do cume à base! Surge uma manada de elefantes selvagens a caminho de beber no lago: farejou, de longe, a presença de irmãos cativos e, sobre eles, precipita-se, embriagada de fúria e amor. E homens, todos, e mulheres com crianças nas tetas, fugindo, entorpecidos, desvairados, dando com a testa nas árvores ou precipitados nos buracos. Os camelos apavorados chocam seus sacos de mercadorias estripados que fazem chover diamantes: o fogo, que acabou de pegar, completa o tumulto. A tromba apontada para cima para substraí-la às chamas, loucos, queimados ou enegrecidos, os elefantes, com as presas, com as patas, laceram e trituram os homens, os bichos, as riquezas, espezinham o ouro e o sangue. "Pressagiava-se tudo tão bem: de onde este desastre?" falaram, contando-se, os poucos sobreviventes: "Decerto esta mulher alta com olhar extraviado nos lançou um feitiço: uma rackchasi! Temos que matá-la a pedradas."

"Eles têm razão!" exclamou Damayanti, escondida atrás de uma árvore e, ao ouvir as ameaças, escapa como que fugindo de si mesma. "Trago azar a quem me chega perto. Meu erro, qual será, para ser alvo de tantos males? Estarei sofrendo a vingança dos deuses que me neguei a escolher para desposar Nala?"

A fugitiva chega sozinha na cidade de Tchédi. Os moradores tomam a fresca nas praças públicas, contemplam surpresos esta mulher mais que molambenta, andando como insensata, as crianças perseguem-na e vaiam-na. Do terraço, rosado pelas derradeiras labaredas do céu, a mãe do rei, que viu a cruel diversão, manda ter com a estrangeira sua ama, introduzem-na no palácio. "Ó tu, de olhos grandes como os de uma deusa, brilhas, sob os trapos, como o relâmpago numa nuvem; dize, não és uma imortal?"

Instruída pela experiência, Damayanti julga prudente dissimular seu alto berço. Mas: "Grande rainha, sou uma humilde trabalhadora que erra na floresta, alimentada por frutos selvagens e repousando a cabeça onde a noite me vem surpreender. Meses atrás... eu tinha um marido, ternamente amado, mas também possuído pela paixão do jogo. Perdeu todos os nossos bens e fugiu, para esconder seu embaraço: desde então, cessei de ter um dia de descanso e corro pela terra para reaver quem me deixou.

— Enxuga as lágrimas (enternecida e abraçando

Damayanti); minha filha Sunanda tem a tua idade, serás sua companheira. Fica conosco, não percas a esperança: por toda a parte enviaremos mensageiros, para descobrir o esconderijo deste esposo."

A jovem mulher aceita prontamente uma oferta inesperada.

Certo dia, está ajudando a nova amiga e sua excelente mãe a receber com o respeito devido um brâmane chegado, como que por acaso, na cidade de Tchédi. O velho contempla, quase com inconveniência, um sinal vermelho que floresce, entre as duas sobrancelhas, na fronte pálida da jovem dama de companhia: "Damayanti" ele profere, e o traço de púrpura dispersa-se em leve encarnado no rosto inteiro que ela quer tapar com as mãos. Em seguida: "Princesa, não tema. O rei Bhima prometeu uma recompensa de mil vacas a quem encontrasse seu genro e sua filha; muitos de nós partiram, sou o felizardo que trará de volta, ao menos a senhora, para os vidharbanos." A rainha: "Era um pressentimento, ela exala, apertando a jovem mulher contra o peito: tua mãe, minha irmã, é, como eu, filha do rei Sudaman, eu te vi criança no palácio de meu pai."

Alegrias da despedida, festas do retorno, em vão; nada distrai a esposa, que chora, sozinha, todas as lágrimas. Se fosse capaz de esquecer Nala, as duas crianças, imagem viva do herói, o relembrariam sem cessar. Alheia, escuta novos mensageiros que se vão por todo lado, visitando os palácios, as cabanas, as ermidas: um deles, porém, conta que conversou com o cocheiro do rei Rituparna e que este homem pareceu comover-se ao nome de Nala.

"Volta à cidade de Ayodhya" (ao correio, precipitadamente); e violentamente apegada a tão frágil indício: "Anuncia que haverá em breve um novo Swayambara para a princesa Damayanti que, sem saber se Nala ainda vive, quer escolher um esposo."

O brâmane obedece. Com a notícia, Rituparna manda chamar seu chefe de estrebarias e pergunta se pode conduzi-lo em vinte e quatro horas até os vidharbanos. O rei aspira à mão da princesa e não o esconde de Vahuka.

"Nala! Nala!, grita ao cocheiro uma voz igual àquela que o chamou na floresta abrasada; mas ele deve manter-se surdo a este nome, lembra-se do seu compromisso quando a serpente azul, retirada por ele do incêndio, o fez mudar de forma, alterando em membros disformes e esquálidos seus braços soberbos e seu peito amplo, para um resultado abençoado e dizendo: "Saibas que sou rei como tu, rei das serpentes, punido como tu. Faltou-me cuidado para com o asceta Narada e imobilizei-me até esta hora em que me libertas. Minha gratidão te desvendará o meio de expulsar o demônio que te aflige. Vai para a cidade de Ayodhya, junto ao rei Rituparna; apresenta-te a ele como hábil na arte de conduzir cavalos, insinuando-te nas boas graças do soberano: em troca por teus serviços, ele te ensinará a ciência dos dados que, para o seu espírito, não possui segredos. Retoma do indigno Pushkara o teu reino. Toma e aqui estão, para que reassumas a tua beleza nativa, um par de trajes celestes, que só terás de vestir."

Agora ele se esforça por esconder sua angústia e reprime em si o pensamento: "Miserável que sou. A tristeza terá esvairado o espírito de minha bem-amada? Um meio que estará usando para me trazer de volta, ou será, tanta inconstância contém a natureza das mulheres, que ela quer buscar, em outros laços, a felicidade que lhe tirei? Aproveitemos o desejo de Rituparna; vamos para a capital do Vidharbha. Lá saberei desvendar a verdade."

Nem lembra de sentir alegria por ter a bem-amada sobrevivido e ter seu corpo delicado enfrentado os dentes ferozes. Depressa, entra no estábulo, escolhe quatro cavalos de raça nascidos à margem do Indo, a uma só vez de neve e fogo: atrela-os, suavemente os afaga e, assim que Rituparna sobe na carruagem, lança-os pelo espaço. Os brancos corcéis atribuem-se por asas o cimo imaculado dos montes; planam sobre as florestas, à moda dos pássaros. O rei, estupefato, pergunta-se se o mirrado invólucro de Vahuka não encobre Matali, o cocheiro de Indra.

Parada, à noite, como que para deixar respirar os cavalos e Rituparna, cessando de confundir-se com o sol, nas alturas etéreas, examina, para pacientar, uma árvore da espécie vibhitaka.

"Meu amigo, diz ele ao seu cocheiro, saibas, não há melhor calculador que teu patrão. Estás vendo estes galhos de frutos incontáveis como as estrelas, digo-te, sem hesitar, que ela esconde em sua folhagem dois e cem frutos, menos cinco.

— Senhor, permita-me arrancar estas árvores para contá-los com calma. Que Indra me proteja, é fantástico, está certo; nenhum a mais, nenhum a menos.

— O que dirias se me visses encetar uma partida de dados? Nada resiste a minhas combinações: sei desfazer as tramas dos adversários e ganhar com certeza e sem dificuldade.

— Grande rei, eu te suplico, dá-me a ciência dos dados e, em troca, eu te darei a dos cavalos.

— Está bem; mas jura, se eu consentir, que amanhã, antes do crepúsculo, estaremos com o rei Bhima.

— Pelos dezesseis reinos de Djambudvipa.[12]

A lição tem início, o aluno atento; o demônio Kali sente-se vencido e resolve deixar o corpo de Nala. De volta a sua boléia, o falso cocheiro, vivo e livre da febre e da opressão, agora certo de reaver, quando quiser, o seu reino.

A carruagem voa e, no dia seguinte, na hora marcada, entra no pátio do palácio, ribombando feito trovão. A multidão acorre entusiasmada; até mesmo

[12] Os dezesseis reinos principais da Índia antiga, segundo as lendas.

os pavões empoleirados nas telhas incendiadas do fim da tarde imitam, com sua cauda deslumbrante, cada uma das rodas da carruagem veloz; até os elefantes incensam com sua tromba o teto dourado das estalas. Festa, com mil cantos celebrada, igual a quando as nuvens estão trazendo a chuva. Damayanti, do fundo de seus aposentos percebe os clamores; estremece, terá intuído a chegada do bem-amado? Só Nala sabia fazer uma carruagem correr assim.

Ele cumpre suas funções com toda a consciência, acaba de desatrelar os cavalos, pensa-os segundo a regra e, devolvido o vigor aos nobres animais, cogita preparar uma cama na boléia; o veículo guardado, vibrante, num vasto hangar.

— "A princesa deseja conhecer o motivo que trouxe aqui os ilustres viajantes." Sua fiel empregada Kecini, nunca avessa a travar uma conversa, disse estas palavras sopradas por ela. Nala, prevenido contra toda armadilha, responde, indiferente, que o rei Rituparna veio para o Swayambara da filha de Bhima. Sem dar atenção a quem o encara com mal disfarçada curiosidade, vai buscar água nas urnas, para lavar o eixo, as rodas e a carroceria resplandecente.

— "Não há, junto ao rei seu senhor (ela não desanima), um cocheiro, outrora a serviço de Nala e que parecia estar ao par do seu destino?

— Enganaram-te, moça. Nala erra, desconhecido, pela terra. Ninguém pode saber onde se esconde.

— O brâmane Sudeva, no entanto, é digno de crédito. Segundo ele, este homem teria contado que a princesa não devia irritar-se: antes lamentar que seu marido tivesse caído em grande infortúnio. Não tente negá-lo: este homem eras tu, Vahuka. Vem comigo e repete à minha cara senhora o que disseste diante do santo."

A atitude de Nala vacila, sua frieza funde e com voz molhada de lágrimas: "Está bem. Se disse isto, repito. Abandonada pelo esposo, uma mulher de alto berço não resvala na ira, as provações concorrem para o triunfo de sua virtude e Nala, falavas nele, já estava bastante abatido, antes mesmo de encontrar, no fundo do destino, este veneno supremo de que o traísse aquela por ele outrora escolhida ante o fogo sagrado, perante os deuses."

Kecini vai prestamente relatar a conversa à sua senhora.

O coração de Damayanti oscila entre a dúvida e a esperança.

"Vamos tentar! Diz ela: leva os meus dois filhos até o cocheiro Vahuka."

Cândida, profunda inspiração! Ante os braços já estendidos pelo irmão e a irmã, um grito, espontâneo, lancinante, irresistível, de Nala brotou. Confuso por ter-se deixado surpreender, volta-se para a confidente e: "Por favor, deixa vir ao meu colo estas crianças, traço por traço iguais às que perdi." Cobre de beijos suas cabeças, rindo, chorando, ele próprio outra vez inocente igual a elas. "Já não há dúvida, Senhora (Kecini volta para junto de sua ama), o aspecto do cocheiro Vahuka encobre o herói Nala. Se tivesse escutado o grito pela emoção arrancado a este pai, ou visto os carinhos que dedica a seus filhos!"

Como, em certas horas, é árduo fingir! Enquanto Vahuka, trazido por ordem da princesa, abaixa a cabeça e mantém o respeito de um subalterno em presença de alta dama, a filha de Bhima procura compor-se um rosto. Os dois esposos observam-se por um instante, dolorosamente: seu silêncio vale todas as palavras. Se Damayanti escutasse o seu coração, estaria aos pés daquele a quem tem tanto a perdoar; com uma voz que se esforça por firmar: "Vahuka, acaso já viste um homem, conhecedor do dever, abandonar, à noite, em meio a um deserto, a mãe de seus filhos, a dedicada esposa inocente, por ele entre todas escolhida perante os deuses? — Espera para julgar-me!" exclama Nala a estas palavras esquecendo o seu papel. "Se perdi meu reino nos dados e te deixei, saibas que uma maldição me oprimia, possuído que fui pelo malvado demônio Kali; mas tu, com teu livre arbítrio, tu, que nada cegava, quiseste romper nossos laços. Teus enviados, no ouro de suas trombetas, proclamaram minha agonia, que Damayanti ia escolher um outro esposo! Não acorre Rituparna, ébrio de esperança? E amanhã o Oriente principesco virá, como outrora, disputar tua mão. Ah! que não haja deuses entre eles... Mulher vingativa, castigaste bastante o infeliz que não cessou de te amar."

O orgulho de Nala exalta-se por uma sombra de dúvida: não é próprio do homem se esquecer como culpado e tornar-se acusador? Mas, nesta injustiça, Damayanti descobre o ciúme, sinal, ainda, de amor. "Ah!, diz ela, segues sendo aquele que preferi aos deuses, amigo! Este Swayambara que te irrita, só o concebi para trazer-te de volta. Há pouco, se ousei falar em tom de censura, queria que afinal te traísses, perdoa! Uma queixa, pela primeira vez, exalada de meu lábio. O astro dos raios ardentes, que fecunda a terra, e o astro do brilho frio, que filtra pela noite os ventos sem lar no mundo: que consumam minha vida se eu um dia cometer um ato indigno de ti. Ó divindades, tríplice suporte do Mundo, eu lhes adjuro: ergam-se em testemunho; digam que só a verdade sai de minha boca ou desertem-me sem retorno."

Este apelo desesperado acabava de ser lançado ao céu, quando uma voz proferiu num eco.

"Nala, não guardes suspeita de Damayanti: seu tesouro foi bem defendido: fomos, durante três anos, testemunhas e guardiões desta esposa fiel. A filha de Bhima é digna de teu amor: como no passado, une-te a ela e até, se puderes, ama-a ainda mais."

A voz divina ainda se dissolvia quando cada palavra voltou a cair, em chuva de flores.

Na ponta dos pés erguer-se, braços entreabertos, para acolhê-la e tocá-la, ó felicidade! Com mãos humanas!

O prodígio para os amantes se deu de ambos verem cálices de verdade, iguais aos que assinalam as alamedas, nos canteiros, e sobrecarregam os vasos do palácio; para quê expressar-se melhor do que estes lótus, estas rosas, estes jasmins quietos, inapanhados: já não tinham dito tudo? Imergiram, ambos, para renovar seu ser, no silêncio lustral; sob as grinaldas e o ramalhete de lábios suspensos como um dossel fragrante: ou seu beijo sempre, pretérito, futuro, perpétuo. Atrás, outro ruído: foi-lhes natural reencontrarem-se, tanto que, no dia seguinte, quando explodiu o regozijo da notícia na cidade, só eles, após uma vigília de êxtase, pareciam, passeando pelas ruas para mostrarem-se, ignorar o motivo: Nala restituído ao seu esplendor primeiro, segundo a túnica celeste, presente do Naga; Damayanti, matinal ou virgem como sói sentir-se quem tenha escapado a grandes desgraças.

Rituparna, embaraçado por ter tratado como empregado um grande monarca, ofereceu lições sutis a Nala, que se tornou mestre na arte de lançar dados. Um mês dedicado aos prazeres, o herói despediu-se de Bhima e, seguido por Damayanti, foi pedir uma revanche ao usurpador Pushkara. Uma mesma partida, e para ele a derradeira, reconquistou o reino e angariou as riquezas, também a vida do adversário.

Generoso, não abusou da vitória e despediu o mau irmão carregado de presentes. A fortuna sorriu constantemente a Nala, que pagara sua dívida com a adversidade e expiara a delícia de Damayanti tê-lo preferido aos deuses. Os homens dignos de o continuar sendo, se deles foge a prosperidade, não abandonam a si mesmos; e sabem, mais dia menos dia, triunfar sobre os destinos contrários.

COLEÇÃO DE BOLSO HEDRA

1. *Iracema*, Alencar
2. *Don Juan*, Molière
3. *Contos indianos*, Mallarmé
4. *Auto da barca do Inferno*, Gil Vicente
5. *Poemas completos de Alberto Caeiro*, Pessoa
6. *Triunfos*, Petrarca
7. *A cidade e as serras*, Eça
8. *O retrato de Dorian Gray*, Wilde
9. *A história trágica do Doutor Fausto*, Marlowe
10. *Os sofrimentos do jovem Werther*, Goethe
11. *Dos novos sistemas na arte*, Maliévitch
12. *Mensagem*, Pessoa
13. *Metamorfoses*, Ovídio
14. *Micromegas e outros contos*, Voltaire
15. *O sobrinho de Rameau*, Diderot
16. *Carta sobre a tolerância*, Locke
17. *Discursos ímpios*, Sade
18. *O príncipe*, Maquiavel
19. *Dao De Jing*, Laozi
20. *O fim do ciúme e outros contos*, Proust
21. *Pequenos poemas em prosa*, Baudelaire
22. *Fé e saber*, Hegel
23. *Joana d'Arc*, Michelet
24. *Livro dos mandamentos: 248 preceitos positivos*, Maimônides
25. *O indivíduo, a sociedade e o Estado, e outros ensaios*, Emma Goldman
26. *Eu acuso!*, Zola | *O processo do capitão Dreyfus*, Rui Barbosa
27. *Apologia de Galileu*, Campanella
28. *Sobre verdade e mentira*, Nietzsche
29. *O princípio anarquista e outros ensaios*, Kropotkin
30. *Os sovietes traídos pelos bolcheviques*, Rocker
31. *Poemas*, Byron
32. *Sonetos*, Shakespeare
33. *A vida é sonho*, Calderón
34. *Escritos revolucionários*, Malatesta
35. *Sagas*, Strindberg
36. *O mundo ou tratado da luz*, Descartes
37. *O Ateneu*, Raul Pompeia
38. *Fábula de Polifemo e Galateia e outros poemas*, Góngora
39. *A vênus das peles*, Sacher-Masoch
40. *Escritos sobre arte*, Baudelaire
41. *Cântico dos cânticos*, [Salomão]
42. *Americanismo e fordismo*, Gramsci
43. *O princípio do Estado e outros ensaios*, Bakunin
44. *O gato preto e outros contos*, Poe
45. *História da província Santa Cruz*, Gandavo
46. *Balada dos enforcados e outros poemas*, Villon
47. *Sátiras, fábulas, aforismos e profecias*, Da Vinci
48. *O cego e outros contos*, D.H. Lawrence

49. *Rashômon e outros contos*, Akutagawa
50. *História da anarquia (vol. 1)*, Max Nettlau
51. *Imitação de Cristo*, Tomás de Kempis
52. *O casamento do Céu e do Inferno*, Blake
53. *Cartas a favor da escravidão*, Alencar
54. *Utopia Brasil*, Darcy Ribeiro
55. *Flossie, a Vênus de quinze anos*, [Swinburne]
56. *Teleny, ou o reverso da medalha*, [Wilde et al.]
57. *A filosofia na era trágica dos gregos*, Nietzsche
58. *No coração das trevas*, Conrad
59. *Viagem sentimental*, Sterne
60. *Arcana Cœlestia e Apocalipsis revelata*, Swedenborg
61. *Saga dos Volsungos*, Anônimo do séc. XIII
62. *Um anarquista e outros contos*, Conrad
63. *A monadologia e outros textos*, Leibniz
64. *Cultura estética e liberdade*, Schiller
65. *A pele do lobo e outras peças*, Artur Azevedo
66. *Poesia basca: das origens à Guerra Civil*
67. *Poesia catalã: das origens à Guerra Civil*
68. *Poesia espanhola: das origens à Guerra Civil*
69. *Poesia galega: das origens à Guerra Civil*
70. *O chamado de Cthulhu e outros contos*, H.P. Lovecraft
71. *O pequeno Zacarias, chamado Cinábrio*, E.T.A. Hoffmann
72. *Tratados da terra e gente do Brasil*, Fernão Cardim
73. *Entre camponeses*, Malatesta
74. *O Rabi de Bacherach*, Heine
75. *Bom Crioulo*, Adolfo Caminha
76. *Um gato indiscreto e outros contos*, Saki
77. *Viagem em volta do meu quarto*, Xavier de Maistre
78. *Hawthorne e seus musgos*, Melville
79. *A metamorfose*, Kafka
80. *Ode ao Vento Oeste e outros poemas*, Shelley
81. *Oração aos moços*, Rui Barbosa
82. *Feitiço de amor e outros contos*, Ludwig Tieck
83. *O corno de si próprio e outros contos*, Sade
84. *Investigação sobre o entendimento humano*, Hume
85. *Sobre os sonhos e outros diálogos*, Borges | Osvaldo Ferrari
86. *Sobre a filosofia e outros diálogos*, Borges | Osvaldo Ferrari
87. *Sobre a amizade e outros diálogos*, Borges | Osvaldo Ferrari
88. *A voz dos botequins e outros poemas*, Verlaine
89. *Gente de Hemsö*, Strindberg
90. *Senhorita Júlia e outras peças*, Strindberg
91. *Correspondência*, Goethe | Schiller
92. *Índice das coisas mais notáveis*, Vieira
93. *Tratado descritivo do Brasil em 1587*, Gabriel Soares de Sousa
94. *Poemas da cabana montanhesa*, Saigyō
95. *Autobiografia de uma pulga*, [Stanislas de Rhodes]
96. *A volta do parafuso*, Henry James
97. *Ode sobre a melancolia e outros poemas*, Keats
98. *Teatro de êxtase*, Pessoa
99. *Carmilla — A vampira de Karnstein*, Sheridan Le Fanu

100. *Pensamento político de Maquiavel*, Fichte
101. *Inferno*, Strindberg
102. *Contos clássicos de vampiro*, Byron, Stoker e outros
103. *O primeiro Hamlet*, Shakespeare
104. *Noites egípcias e outros contos*, Púchkin
105. *A carteira de meu tio*, Macedo
106. *O desertor*, Silva Alvarenga
107. *Jerusalém*, Blake
108. *As bacantes*, Eurípides
109. *Emília Galotti*, Lessing
110. *Contos húngaros*, Kosztolányi, Karinthy, Csáth e Krúdy
111. *A sombra de Innsmouth*, H.P. Lovecraft
112. *Viagem aos Estados Unidos*, Tocqueville
113. *Émile e Sophie ou os solitários*, Rousseau
114. *Manifesto comunista*, Marx e Engels
115. *A fábrica de robôs*, Karel Tchápek
116. *Sobre a filosofia e seu método — Parerga e paralipomena (v. II, t. I)*, Schopenhauer
117. *O novo Epicuro: as delícias do sexo*, Edward Sellon
118. *Revolução e liberdade: cartas de 1845 a 1875*, Bakunin
119. *Sobre a liberdade*, Mill
120. *A velha Izerguil e outros contos*, Górki
121. *Pequeno-burgueses*, Górki
122. *Um sussurro nas trevas*, H.P. Lovecraft
123. *Primeiro livro dos Amores*, Ovídio
124. *Educação e sociologia*, Durkheim
125. *Elixir do pajé — poemas de humor, sátira e escatologia*, Bernardo Guimarães
126. *A nostálgica e outros contos*, Papadiamántis
127. *Lisístrata*, Aristófanes
128. *A cruzada das crianças/ Vidas imaginárias*, Marcel Schwob
129. *O livro de Monelle*, Marcel Schwob
130. *A última folha e outros contos*, O. Henry
131. *Romanceiro cigano*, Lorca
132. *Sobre o riso e a loucura*, [Hipócrates]
133. *Hino a Afrodite e outros poemas*, Safo de Lesbos
134. *Anarquia pela educação*, Élisée Reclus
135. *Ernestine ou o nascimento do amor*, Stendhal
136. *A cor que caiu do espaço*, H.P. Lovecraft
137. *Odisseia*, Homero
138. *História da anarquia (vol. 2)*, Max Nettlau

Edição	Jorge Sallum
Coedição	Bruno Costa e Iuri Pereira
Capa e projeto gráfico	Júlio Dui e Renan Costa Lima
Editoração eletrônica	Felipe Marques
Revisão	Graziela Marcolim
Assistência editorial	André Fernandes
Colofão	Adverte-se aos curiosos que se imprimiu esta obra em nossas oficinas em 6 de março de 2012, em papel off-set 90 g/m², composta em tipologia Walbaum, em GNU/Linux (Gentoo, Sabayon e Ubuntu), com os softwares livres LaTeX, DeTeX, vim, Evince, Pdftk, Aspell, svn e TRAC.